本书为中国社会科学院大学新文科专项项目——新文科理念下的"大文学批评"：二十一世纪美国青少年文学研究的创新尝试（2020-KYLX04-20）最终研究成果。

美国青少年小说多元视角研究

杨　春　◎著

吉林大学出版社

·长春·

图书在版编目（CIP）数据

美国青少年小说多元视角研究 / 杨春著 .-- 长春：
吉林大学出版社，2023.1
　　ISBN 978-7-5768-1263-3

　　Ⅰ.①美… Ⅱ.①杨… Ⅲ.①儿童小说－小说研究－
美国Ⅳ.① I712.078

中国版本图书馆 CIP 数据核字 (2022) 第 234441 号

书　　　名：美国青少年小说多元视角研究

MEIGUO QING-SHAONIAN XIAOSHUO DUOYUAN SHIJIAO YANJIU

作　　者：杨　春　著
策划编辑：朱　进
责任编辑：朱　进
责任校对：高珊珊
装帧设计：王　强
出版发行：吉林大学出版社
社　　址：长春市人民大街 4059 号
邮政编码：130021
发行电话：0431-89580028/29/21
网　　址：http://www.jlup.com.cn
电子邮箱：jdcbs@jlu.edu.cn
印　　刷：三河市龙大印装有限公司
开　　本：787mm×1092mm　　1/16
印　　张：10
字　　数：180 千字
版　　次：2023 年 1 月第 1 版
印　　次：2023 年 1 月第 1 次
书　　号：ISBN 978-7-5768-1263-3
定　　价：49.00 元

前　言

　　20 世纪 30 年代，美国青少年文学（Young Adult Literature）作为独立的文学类型得到初步确立。在历经了 20 世纪 30 年代至 50 年代的初期发展，20 世纪 60 年代至 80 年代的"黄金时代"，以及 20 世纪 90 年代中期的"全面复兴"三个阶段后，美国青少年文学因其作品数量巨大，种类繁多，内容丰富，已成为美国文学的一道靓丽风景。进入 21 世纪，世界格局发生了翻天覆地的变化。美国新国情所催生的青少年文学更是蓬勃发展，令人刮目相看。青少年小说作为青少年文学的主要体裁，其丰富的可读性和鲜明的文本特征更是深受广大读者，尤其是青少年读者的青睐。青少年小说主题涵盖美国社会政治、文化、宗教、校园生活、青春期成长等方方面面，题材丰富且文学性与可读性兼备，具有很高的思想性和艺术性。阅读这些小说，我们能洞悉美国社会的价值取向、社会热点、艺术发展等时代特征，能够从不同的侧面了解当代美国青少年的成长，同时也为我们认识当今美国社会文化的发展提供指导。

　　目前国内外学术界对美国青少年小说的宏观、跨学科、融文化研究仍处于相对薄弱环节。国外青少年小说研究多偏重于从教育的角度研究小说作品对青少年认知成长发展的影响，如珍妮特·阿尔苏普（Janet Alsup）编著的《跨文化语境中的青少年文学和青少年身份》（*Young Adult Literature and Adolescent Identity Across Cultures and Classroom：Contexts for the*

Literary Lives of Teens，2010)。也有学者探讨文学经典作品和青少年文学之间的关联，如萨拉·K.赫茨(Sarah K. Herz)和唐纳德·R. (Donald R. Gallo)加洛合著的《从辛顿到哈姆雷特：架起青少年文学和经典文学之间的桥梁》(*From Hinton to Hamlet：Building Bridges Between Young Adult Literature and the Classics*，1996)。该书从分析经典文学作品出发，如《哈克贝利·费恩历险记》《愤怒的葡萄》《了不起的盖茨比》《哈姆雷特》《蝇王》《奥德赛》《人鼠之间》《罗密欧与朱丽叶》等，探讨了青少年小说的主题和经典作品之间的关系。还有学者从青少年小说的题材角度分析小说作品，如CW.沙利文（Sullivan，C.W）编著的《青少年科幻小说》(*Young Adult Science Fiction*，1999)从青少年科幻小说的角度分析了从1900年到1990年出版的多部美国青少年优秀科幻小说，如艾萨克·阿西莫夫的《永恒的终结》(*The End of Eternity*，1955)；基恩·沃尔夫(Gene Wolfe)的《新阳噩地》(*The Book of the New Sun*，1980—1983)等。国内学术界对美国青少年小说的研究则处于初级阶段，大多数研究多拘泥于对某部小说作品的评介，深入研究的学术专著较少。同时国内研究的小说作品多集中于21世纪之前的经典作品，如《麦田里的守望者》(*The Catcher in the Rye*，1951)、《局外人》(*The Outsider*，1967)等。综上所述，国内外学术界对美国青少年小说的研究虽具有一定的规模和基础，但总体而言多偏向于从微观角度分析单个作品或某一小说类别，并且以研究21世纪之前的小说作品为主，而从跨学科，融文化、多元角度探讨21世纪美国青少年小说的发展则相对欠缺。

为了丰富学术界对美国青少年小说的研究，本书作者申报了中国社会科学院大学新文科专项项目——新文科理念下的"大文学批评"：二十一世纪美国青少年文学研究的创新尝试，希望以新文科建设所倡导的学科交叉融合理念，以21世纪美国青少年小说作品为具体研究对象，系统全面地研究探讨21世纪美国青少年小说的发展特征和新趋势，在一定程度上弥补国内外学术界对21世纪美国青少年小说研究的缺陷和不足。

作为新文科专项研究的最终成果，本书以21世纪近二十年以来美国青少年优秀小说作品，如美国国家图书奖获奖青少年小说《我就是要挑战这世界》以及《蝎子之家》《无法别离》《挑战者深渊》《知更鸟》《十岁那年》

《奔跑的梦想》《无家可归的小鸟》《追梦的孩子》等为研究文本,从 21 世纪美国青少年"反乌托邦"小说浪潮、21 世纪美国青少年小说与青少年认知发展、21 世纪美国青少年小说主题特征、21 世纪美国青少年小说人物形象与人物塑造、21 世纪美国青少年小说的文化内涵和 21 世纪美国青少年小说的叙事艺术等多元视角,研究探讨 21 世纪美国青少年小说的叙事特征、思想主题、道德取向、教育意义、文化内涵以及伦理表达等。

在学术思想、学术观点、研究方法等方面,本书写作践行以下理念:

(1)体现系统性探讨:随着信息化时代的到来以及第四次工业化的开启和提升,作为 21 世纪工业文明领先者的美国,在其特色文化和政治格局的孕育下,涌现出大量优秀的青少年小说作品。这些作品题材多样化,风格新颖化,思路情趣化,作品中的叙事特征、思想主题、道德取向、教育意义、文化内涵以及伦理表达值得学者们认真对待。本书以研读优秀小说文本为基础,以文学批评理论为指导,努力对 21 世纪美国青少年小说进行系统性的全面探讨。

(2)体现融合性论述:本书学科融合,系统论述,研究中博采诸家之长,同时坚持自身独特的观点,寻求文化价值观的最大公约数,从文学基本要素的情怀中探讨人类命运共同体的客观存在性。努力做到在融合性研究中吃透文本,不忽略文本中的细节。推敲小说文本细节,同时进行广度和深度的对比,包括与主流文学作品的研究对比以及诸多批评理论的反思等。

(3)体现新文科创新理念:将丰富多彩的美国文学研究提炼出其特定的时段性(21 世纪)和群体性(青少年)作为研究对象,本身就具有创新的一定优势。但文学评论的研究创新不限于选题的新颖,角度的细微,理论的独特,更在于方法上的创新。就其本质而言,文学研究必须集欣赏性与批评性于一体,切忌肤浅阅读加牵强评议,而应在感受与领悟之中寻求思路,在兼顾具体语境与跨文体、跨文本和超文本书写研究的同时,强调文本细读。

本书研究成果具有较高的实际运用价值,能实际运用于指导英语专业本科生的学术论文撰写和英语专业本科生英美文学课程的教学实践。同时期待本书能够在一定程度上对我国青少年文学作家和工作者提供有意义的参考,促进我国青少年文学的发展。

感谢在本著作出版中提供帮助的所有人。感谢中国社会科学院大学对本书出版的资助。限于理论水平和认知能力，本书存在这样或那样的不足，欢迎广大读者批评指正。

杨 春
2022 年 7 月于北京宜山居

目 录

第一章　21世纪美国青少年小说发展的两大亮点

美国青少年小说（young adult fiction）作为独立的文学类型，在历经了半个多世纪的发展后，如今已成为美国文学的一道靓丽风景。青少年小说涵盖美国社会政治、文化、宗教、校园生活、青春期成长等方方面面，题材丰富同时兼备文学性与可读性，具有很高的思想性、艺术性和文学价值。通过阅读这些小说，我们能洞悉美国社会的价值取向、社会热点、艺术发展等时代特征，能够从不同的侧面了解当代美国青少年的成长。同时研究这些作品对我们了解和认识当代美国社会文化也具有极大的指导意义。

纵观21世纪20多年以来美国青少年小说的发展，无论是题材类型还是艺术表现形式都呈现出多元发展的态势，从主流的现实主义小说到娱乐性较强的浪漫爱情小说，还有探险小说、科幻小说、历史小说、悬疑小说等都涌现出了大量优秀作品，如《我就是要挑战这世界》《蝎子之家》《无法别离》《挑战者深渊》《无家可归的小鸟》《追风筝的人》《十岁那年》《追梦的男孩》《奔跑的梦想》《知更鸟》等等。同时在创作手法上，除了传统的散文体小说形式外，书信体、诗韵体和图画绘本形式也被广泛运用，其中诗韵体小说和反乌托邦小说已成为21世纪美国青少年小说发展的两大突出亮点。本章将从诗韵体小说和反乌托邦小说创作热潮兴起的原因、发展现状与特点以及小说热潮所蕴含的社会文化思潮等方面探讨21世纪美国青少年小说发展的时代特征。

第一节 诗韵体小说：21 世纪美国青少年小说的宠儿

用诗歌来讲述故事是古老的一种文学形式。英国盎格鲁·撒克逊时期英雄史诗《贝奥武夫》（*Beowulf*）我，以及法国的《罗兰之歌》（*La Chanson de Roland*）和德国的《尼伯龙根之歌》（Nibelungenlied）等都曾是最古老、篇幅最长的文学作品。随着 18 世纪散文体小说的出现，用诗歌来讲述故事的方式逐渐消失。作为美国青少年小说的一股清流，20 世纪 90 年代，诗韵体小说（verse novel）在美国青少年文学中得到重塑。梅尔·格伦（Mel Glenn）1982 出版的《下课！高中诗歌》（*Class Dismissed! High School Poems*）是青少年诗韵体小说最早的探索和尝试。第一部被评论界认可的诗韵体小说是弗吉尼亚·E. 伍尔芙（Virginia Euwer Wolff）的代表作《造柠檬汁》（*Make Lemonade*，1993）三部曲中的《柠檬的滋味》（*True Believer*，2001），该书荣获 2001 年美国国家图书奖。进入 21 世纪，青少年诗韵体小说更是呈现出创作和出版两旺的势头。美国作家索恩亚·索恩斯（Sonya Sones）曾在她个人网站上提供了一份包含 40 部青少年诗韵体小说的清单，清单上近三分之二的小说作品为 2000 年以后出版，其中影响较大的作品包括：莎伦·克里奇（Sharon Creech）的《爱那条狗》（*Love That Dog*），该书入围了 2001 年卡内基奖（Carnegie Medal）；安吉拉·约翰逊（Angela Johnson）的《第一部分最后》（*The First Part Last*），获得 2004 年普林兹奖；越南裔作家赖清河（Thanhha Lai）的 2012 年美国国家图书奖获奖小说《十岁那年》（*Inside Out & Back Again*）；杰奎琳·伍德森（Jacqueline Woodson）的 2015 年纽伯瑞银奖获奖小说《黑人女孩的梦想》（*Brown Girl Dreaming*）以及荣获 2018 年美国国家图书奖青少文学奖的伊丽莎白·艾斯维多（Elizabeth Acevedo）的《诗人 X》（*The Poet X*）等等。21 世纪以来，越来越多的作家尝试用诗韵体小说的形式进行创作，诗韵体小说已然成为 21 世纪美国青少年小说的宠儿。

作为一种在不断发展成熟的新兴文学创作类型,诗韵体小说在青少年文学中的界定目前还没有一个确切的定义,国内外青少年诗韵体小说的研究也正处于起步阶段。帕姆·科尔(Pam B Cole)在《二十一世纪青少年文学》(*Young Adult Literature in the 21st Century*,2009)一书中指出:"诗韵体小说是指以诗歌韵文的形式叙述故事的小说。与叙事诗不同,诗韵体小说一般篇幅较长,而且具有完整的故事情节和人物形象。诗韵体小说特征鲜明:行文短小、精练,每章往往只包含 1 至 3 页,并带有相关的标题;叙事简洁、明确,大多采用非韵体或自由诗的形式。"① 帕蒂·坎贝尔(Patty Campbell)在《牡蛎里的沙子:审视诗韵体小说》(*The Sand in the Oyster Verse Novel*,2004)一文中则认为:"诗韵体小说是旨在传达生动而富有想象力体验感的作品,其特点是使用浓缩的语言,选择其声音和蕴含意义,并使用结构化的格律、自然节奏、韵律或隐喻等文学技巧。"② 乔伊·亚历山大(Joy Alexander)在《诗韵体小说:一种新文体》(*The Verse-novel:A New Genre*,2005)一文中说到:"诗韵体小说的定义必然是具有弹性的,因为作为一种文体,它还在不断发展。诗人和小说家都从各自的角度被吸引到这一文体中来。典型的诗韵体小说风格是整个故事以无韵体自由诗的形式讲述。很多时候每一节的篇幅都不到一页,只有极少数的超过两页。通常,每一个章节都会有一个标题为读者指引方向,它可以表明说话人,或说明内容的背景,或指出核心主题。每一章节通常围绕一个单一的观点、思想或事件展开。"③

作为青少年诗韵体小说的代表作品,《柠檬的滋味》中的诗性叙事充分体现了诗韵体小说的叙事特征。诗性叙事主要是指小说的诗化倾向,即叙事话语表现出来的对传统叙事模式的背离。具体表现在两个方面:一是叙事的变形和不完整性。传统小说大多具有叙事的完整性,即开端—发展—高潮—

---

① 单建国,张颖. 20 世纪 60 年代以来的美国青少年小说概述 [J]. 广西社会科学,2012 (12):123.

② Patty Campbell. The Sand in the Oyster Verse Novel [J],Horn Book Magazine,Vol.80 Issue 5,2004:611.

③ Joy Alexander. The Verse-novel:A New Genre [J],Children's Literature in Education,Vol.36,No.3,2005:269.

结局—尾声。时间、地点、人物、事件等小说要素一应俱全,故事全都有始有终,且发展线索明晰。而诗性叙事却有意识地追求叙事的不完整性,自始至终保持叙事的不透明性,留给读者一种期待中的想象。二是小说内涵的不确定性。传统小说作品的意蕴是封闭而自足的,诗性叙事却有意地留下许多空白,等待读者在阅读的过程中不断填充。

《柠檬的滋味》以 15 岁少女拉芳(La Vaughn)为主人公,通过对人物成长和生活挫折的揭示,从青少年的叙事视角讲述了一个青春期少女的成长故事。小说通过无韵诗(blank verse)的叙事方式,交替使用内聚焦和零聚焦的叙事模式,叙述了拉芳与青梅竹马乔迪(Jody)朦胧苦涩的爱情。青春期的困惑以及拉芳与父亲、母亲、周围伙伴以及生活环境之间的关系,使小说凸显出叙事语言诗意化、叙事情节淡化、叙事结构零散化和人物塑造内省化的诗性叙事特征。

《柠檬的滋味》诗性叙事首先体现在小说没有复杂曲折的情节,也没有传统小说所具有的叙事完整性,而是通过主人公拉芳的视角,通过大量的心理描写,将拉芳的成长贯穿于日常生活的点点滴滴。通过描绘主人公的"心理真实",以及主人公如何在日常生活中克服各种困难和障碍,逐渐走向成熟的经历,探讨了青春期青少年困惑迷茫,渴望在纷乱的世界中找到自我定位和归属,渴望融入社会的成长主题。

小说全书由四部分组成,共 85 个章节。第一部分主要是主人公拉芳对自己、母亲、家庭和学校环境的介绍。在这一部分,读者透过主人公拉芳的视角可以了解到 15 岁的拉芳与单亲母亲相依为命,拉芳非常思念死去的父亲。母亲对拉芳要求严格,对她期望很高。远离性爱和上大学是母亲常常告诫拉芳的两件事情。对于一个刚刚 15 岁的少女而言,拉芳认为性爱问题是青少年最感困惑的事情。除此之外,学校的数学和其他功课还有社区街头的暴力谋杀,以及亲人的离去和对爱情的向往都让这位 15 岁的少女深深地感受到了成长的困惑与烦恼,正如小说开头写的那样:

> 我的名字叫拉芳,今年十五岁。
> 小孩子画画的时候
> 画的人都是一张大大的脸

加上几只伸出来的手臂。

因为那就是他们生活的全部。

后来，

你长大了，

你的一切都变得乱七八糟

新的想法，后悔的感觉，

庞大的计划，深深的疑虑，

还有与之相伴的

那些走了又来的希望和失望。

难怪，我认不出

自己小时候画的蜡笔画了。

画的好像是我。

是我

又不是我。①

　　小说的开头用一幅画形象地再现了孩子们心目中的外部世界。随着年龄的增长，这个世界由简单变复杂、由熟悉变陌生，预示着主人公摆脱童年的天真，由幼稚走向成熟的开端。诗意化的叙述为读者留下充分的想象空间。单是"大大的脸"，你就可以想象出拉芳那张幼稚而细嫩的脸庞，在充满希望和企盼的目光下，笑的旋涡在脸上荡漾。

　　在小说的第一部中，搬走很久的邻居乔迪又搬了回来。几年不见，乔迪已由之前瘦弱害羞的小男孩成为阳光帅气的少年。乔迪的到来改变了拉芳的生活。情窦初开的拉芳被乔迪英俊的容貌和乐观进取的精神所深深吸引，一段充满温情的苦涩爱情就此开始。拉芳大胆地邀请乔迪一起参加舞会，并在回家的路上说出了萦绕心底很久的愿望："乔迪，你可以吻我了。"②乔迪的反

---

① 弗吉尼亚·E.伍尔芙.柠檬的滋味 [M].刘丽明，译.海口：南海出版公司，2019:3.

② 弗吉尼亚·E.伍尔芙.柠檬的滋味 [M].刘丽明，译.海口：南海出版公司，2019:112.

应却很奇怪。在飞吻拉芳之后，乔迪异样地笑了，然后迅速地离开。毫无心理准备的拉芳完全蒙了：

> 我的第一个吻，
> 这不是吻。
> 是，算是吻。
> 哎呀不是，不是吻。[①]

拉芳对于初吻的茫然不知所措真实地展现了青春期少女在初吻之后复杂的心理和情感状态。理智与情感的冲突、期盼与失望的矛盾、茫然与憧憬的纠结都深深地感染着读者。紧接着妈妈的形象出现了，母女相互焦急地对视、审核、告诫、辩解、关门独思、反复自问和自嘲、深夜起床、欣赏裙子、俯闻香水、再次痛苦，小说情节在诗性叙述中跳动。小说除了对情节进行浓缩性跳动遐想外，更赋予聚焦放大般的联想：例如抱着枕头哭泣。细想"让泪水湿透整个枕巾"，要哭多久才能把厚厚的布料都用泪水湿透呀？每一次痛苦时的内心活动肯定不尽相同，但一定是越哭越伤感。拉芳是把枕头当作乔迪来亲吻，喜极而悲。

小说的第二部、第三部和第四部延续着第一部的叙事风格：叙事情节淡化、叙事结构零散化。全书 85 个章节短小精悍，大多数章节只有 1 至 3 页，最长的一章也不过 6 页。 前后章节之间没有明显的时间线性联系，更没有传统小说叙事中的因果关系。每个章节没有小标题，只简单地用阿拉伯数字标明。每一个章节就是主人公拉芳的一个生活片段，这一点可以从每一个章节的开头明显看出。如小说第二部第 29 章开头：

> 有好几天我都远远地躲着乔迪。

---

① 弗吉尼亚·E. 伍尔芙. 柠檬的滋味 [M]. 刘丽明，译. 海口：南海出版公司，2019：112.
② 弗吉尼亚·E. 伍尔芙. 柠檬的滋味 [M]. 刘丽明，译. 海口：南海出版公司，2019：124.

不管白天还是晚上。②

　　这几句话构成一个感情链：对乔迪的思念心切，生怕见到后遭遇拒绝，倒不如躲开不见，保持思念心态。其实越躲越思念，越思念越想见，典型的自虐，从而构成压抑性的伤感。随后的第30章是这样开头的：

　　　　就在我参加舞会的那个晚上，
　　　　梅蒂和安妮在她们的排球联谊会上为我做了祈祷。
　　　　"我们把你的名字写进了奇迹心愿单上"梅蒂告诉我。
　　　　我问她："那个单子能给我带来什么呢？"①

　　这里的情感链是"奇迹心愿单"。它产生于朋友为"我"的祈祷，是情感极为深沉的载体。时间又是情人可能见面的"舞会"的同一晚上，本是应该完全能满足"我"的期盼的安排，可"我"却说与我何干？如此勉强地故意推脱，正是恐惧再次失望的焦虑情感的流露。

　　到了第31章的开头，小说笔锋一转，与前后章节没有任何关联：

　　　　星期六的晚上
　　　　我看到我妈打扮得格外漂亮，
　　　　十分精致，
　　　　…………
　　　　我妈穿连衣裙还真挺好看的。
　　　　一定有什么事发生了。②

　　母亲情感链的叙述衬托了"我"对爱情的憧憬。母亲打扮自己和同伴亲密互动正是"我"所热切期盼的。特别是母亲对闺蜜的感情极度释放，大笑

---

① 弗吉尼亚·E.伍尔芙.柠檬的滋味[M].刘丽明，译.海口：南海出版公司，2019：126.
② 弗吉尼亚·E.伍尔芙.柠檬的滋味[M].刘丽明，译.海口：南海出版公司，2019：129.

和嚎叫、流涕、呜咽和哭泣，正是"我"所羡慕渴求的。何况她们还有看电影与聚餐等正式的聚会形式，这对于常常处于管制状态下的少女来说，难道没有嫉妒之心吗？

在小说《柠檬的滋味》中，故事情节已不那么重要，重要的是人物对事件的感受。叙事已抛开传统小说开端—发展—高潮—结局—尾声的叙述方式，取而代之的是一种心理情感游移模式。叙述随着主人公的思绪跳跃，从而呈现出背离理性叙事的诗性叙事特征。如小说第69章，在去儿童医院的路上，看到一只甲虫艰难地在人行道上缓缓爬行，随时都会被行人、自行车和滑板碾碎，拉芳思绪万千：

> 我顿时觉得这世界很悲哀。
> 一切都很悲哀。生命是如此渺小和脆弱。
> 你真的不知道它什么时候会结束。一瞬间
> 你就可能从一个世界
> 进入另一个世界。[①]

拉芳由甲虫脆弱的生命联想到自己的生活和周围的亲人——父亲的死，许多同年伙伴的死以及遭遇的失恋，此刻她第一次感受到了生命与死亡，发现了生命的本真，感悟到了人生的痛苦。主人公生命与死亡意识的顿悟是她逐渐走向成熟的标志。

不同聚焦方式的搭配也给小说叙事的变化流转提供了有利条件。内聚焦有利于人物意识流的描写，可以游刃有余地深入人物意识的深处，而在关键之处配以零聚焦又照顾了叙述的整体调度，给各部分的连缀组合带来了极大方便。《柠檬的滋味》涉及近10个人物，主要包括拉芳的母亲、母亲的新男友莱斯特、拉芳的朋友梅蒂和安尼、拉芳暗恋的乔迪、单身母亲罗丽和她的两个孩子杰丽和杰里米、自然课上的同学帕特里克等等。焦点的变换使作者总是能

---

①弗吉尼亚·E. 伍尔芙. 柠檬的滋味 [M]. 刘丽明，译. 海口：南海出版公司，2019:267.

把笔触深入每一位人物的灵魂深处,探赜索隐,钩玄显微,在众声喧哗中,我们从中获得了一个多层次、多角度的立体影像。交替使用内聚焦和零聚焦的多焦组合方式扩大了小说的叙事维度,增强了叙事功能,重组了叙事结构,深化了叙事主题。叙事的现代特征更加显豁,作品艺术性和思想性更加完整,呈现出诗性叙事的特征。

同时《柠檬的滋味》叙述表现出时间的弱化,全书表现具体的时间寥寥无几:读者只在开头"我叫拉芳,今年十五"可以知道叙述从拉芳15岁开始。并在第76章"我坐在公园里……想着要邀请谁来参加我十六岁的生日聚会"②得知故事叙述的是拉芳从15岁到16岁的成长经历。除此之外,除了第24,28,31,48,51,55章出现的"next morning""on Saturday night""two days before…""at the same time"等几处含糊的时间表述外,全书再也没有表示时间的明显标志。故事情节的展开主要以空间场景的转换来实现。读者在阅读中需凭借自己的阅读经验,通过空间场景转化的轨迹重新构建和追溯出事件的先后顺序和故事的主要线索,从而使文本留下许多空白,等待读者在阅读过程中不断填充。

小说的诗性特点除了体现在思想层面上的"哲思美",亦即艺术性和思想性的完美统一外,也体现在艺术层面的"韵律美"上。《柠檬的滋味》的"韵律美"主要体现在无韵诗的运用。与传统小说叙述方式不同,《柠檬的滋味》通篇运用了无韵诗的叙述方式,给人耳目一新的感觉。在各类英语格律诗歌中,无韵诗最接近英语口语的自然节奏,同时,无韵诗结构灵活,适合于各个不同层次的格调,因此它的运用比其他诗歌形式更为常见和多样化。无韵诗不刻意追求押韵效果,因此其灵活性也给小说创作拓展了空间,使小说叙述语言有了诗的节奏与韵律,蕴含了诗的情感和意境,从而使小说具有了诗的情调和氛围。小说叙事浸润着诗的情绪,处处充满着丰富的意象并流露出浓郁的情绪色彩。这种小说诗化叙事的个性风格,不仅一改往常的叙事方式而给人以新鲜感,更是让故事情节变得有滋有味,融平淡为神奇,令人憧憬

---

① 弗吉尼亚·E. 伍尔芙. 柠檬的滋味 [M]. 刘丽明,译. 海口:南海出版公司,2019:3.
② 弗吉尼亚·E. 伍尔芙. 柠檬的滋味 [M]. 刘丽明,译. 海口:南海出版公司,2019:299.

神往而爱不释手。

　　小说《柠檬的滋味》也充满了意象。这些文字组成的画面给读者带来视觉、听觉、触觉、嗅觉、味觉等多方位感受,让读者能身临其境地领略文本带来的情感冲击,如小说对拉芳与乔迪在电梯中邂逅的叙述:在这一段叙述中,作者通过 swings around(在周围旋转)、zooming in(飞快进来)、quick-turns(迅速转身)、rocking almost invisibly(让人难以察觉的摇摆)、waves one hand back(挥舞一只手)、gone(消失)、stumbled(结结巴巴地说话)、can't look at(不敢直视)等富有动感的动词短语,淋漓尽致地展现了一个生龙活虎的少年和情窦初开的少女形象。最后一句 The elevator smells like chlorine(电梯里散发着氯的气味)又从嗅觉上给读者留下了想向的空间,同时也为后面乔迪和拉芳去游泳馆一起练习救生技巧埋下了伏笔。

　　正当拉芳为乔迪青春帅气的容貌和乐观进取的生活态度所深深吸引,以为自己已全身心地爱上他时,却遭遇了自父亲被误杀之后的又一次重大打击。带给她打击的不是别人而是乔迪:一个不喜欢女孩,有着同性恋倾向的少年。那天,乔迪的母亲让拉芳给老师带信,说乔迪生病发烧不能上学。拉芳心里牵挂着乔迪,放学回家后为乔迪精心烤制了点心,悄悄地来到楼下乔迪的家。之前出于安全起见,拉芳和乔迪的母亲都各自交换了自家的备用钥匙,因此拉芳可以自由地出入乔迪的家。当她小心翼翼地端着点心盘子走进乔迪的卧室时,看到了终生难忘的一幕:拉芳看到在鱼缸后面,乔迪正和一个男孩接吻。这一幕让拉芳的心顿时凝固,盘中的点心径直散落在地毯上,随之而来的是拉芳整个世界的崩溃。stood ice-still(冻住不动)、froze(凝固)、jumped upside down(轰然倒塌)这三个动词词组言简意赅地刻画了拉芳当时惊讶茫然和痛苦绝望的情绪。

　　这种通过心理感情的链接而展示人物内心极度矛盾的诗化叙事,凸显了拉芳对爱情的痛苦绝望,其可怕的后果是对一切信念的动摇。当青少年经历信仰世界的轰然崩塌,心灵的冲击是巨大的。

　　另一部青少年诗韵体小说《十岁那年》中的诗性叙事特征也十分明显。《十岁那年》从少女金河(Kim Hà)的视角记录了 1975 年改变她人生的一年。这一年,为了躲避战争(越南战争),金河一家不得不远渡重洋逃难到美国。远离美丽熟悉的家乡,来到陌生遥远的他国,金河和家人经历了人生的巨大变故,感受到了战争带来的痛苦和伤害。来到美国,金河一家定居在美国亚拉巴马州。在经历了无数艰辛困苦之后,金河和家人在朋友的帮助下最终找回了生活的信心和勇气。小说通过无韵诗的叙事体裁,叙述了金河在这一年里见证和经历的日常生活的点点滴滴,比如战争来临时人们的恐惧、逃难路上的惊险、移民后的语言困难、学校欺凌、寄人篱下的凄凉以及亲朋好友的相助。所有这些生活的细节通过短短的句子,一个个小故事,鲜活无比地展现在读者面前。没有传统小说大篇幅的铺垫,也没有传统小说完整的情节发展模式,《十岁那年》故事情节的碎片化,诗歌语言的简洁平易,使小说凸显典型的诗性叙事特征。

《十岁那年》全书由四部分组成,叙述了 122 个金河心灵成长的故事。第一部分"家园"主要是金河对自己、母亲、家庭和战争之前美丽家乡的感知和介绍。在这一部分,读者透过主人公金河的视角可以了解到 10 岁的金河与母亲和 3 个哥哥相依为命。父亲 9 年前在一次军事行动中失踪。金河记忆中的父亲因此也就永远只能停留在照片上。美丽的家园寄托着金河的牵挂,那里有金河无意种在后花园的木瓜树,有她最好的朋友蒂蒂,有香喷喷的荷叶饭,有隔天下蛋的母鸡,熙熙攘攘的露天集市,还有金河最喜欢吃的黑芝麻糖。小说第一部分文字轻松欢快,情感朴实,十岁少女天真烂漫的平凡生活通过作者细腻的描绘栩栩如生地展现出来。金河眼中的世界一切都是美好幸福的,比如金河眼中的木瓜树:

> 五个木瓜
> 大小不一。
> 一个有我的脑袋大,
> 一个有我的膝盖大,
> …… ……
> 还有一个只有我的手指头大,
> 都牢牢挂在树上。

---

① 赖清河.十岁那年 [M].罗玲,译.昆明:云南出版集团晨光出版社,2022:45.

还是绿色的，

但长势喜人。[①]

在对木瓜树的描绘中，不同于成人概念性的理性逻辑思维，作者语言贴近儿童形象性思维，通过描述木瓜的形状、大小和色彩，使描述的画面充满生机和活力，具有强烈的感性色彩和审美意蕴。

在小说的第一部分，木瓜作为一个意象一共出现了四次。每次作者对木瓜的描绘都不同，表达着女主人公不同的境遇和别样的心情。黑色的像一只闪亮的鱼眼睛的木瓜籽，第一个拳头大小形状像只灯泡的木瓜，还有软软的好像红薯的木瓜甜味，这些是还没有捕捉到战争气息的金河对木瓜的感受，那种感受是灵动的，甜美的。但当金河逐渐意识到战争来到时，曾经是美好愿望和期待象征的木瓜此时则变成了难以忘怀的痛苦记忆：

我那颗最大的木瓜

已经变成浅黄色了，

虽然还有一些绿色的斑点。

…… ……

武哥哥去摘了。

最大的那颗掉了下来，

…… ……

黑色的木瓜籽散落出来，

就好像是一颗颗

湿润的哭泣的黑眼睛。[①]

小说的第二部分"在海上"、第三部分"亚拉巴马"和第四部分"从现在开始"延续着第一部分的叙事风格：叙事情节淡化、叙事结构零散化。全书122个章节短小精悍，大多数章节只有 1 至 3 页，最长的一节也不过 4 页。

---

① 赖清河.十岁那年 [M].罗玲,译.昆明:云南出版集团晨光出版社,2022:66-67.

每个章节有一个小标题，前后章节之间没有明显的因果关联，每个章节其实就是主人公金河生活片段的真实写照。

结束语

诗韵体小说在青少年文学创作中越来越受青睐已成不争事实，这一点在当代社会生活文化中或许可以找到合理的解释。21世纪的我们正生活在一场数字革命中，这场革命给文学创作和出版以及读者的阅读都带来深远的影响：数字技术使视觉和听觉的想象力更加活跃，而书籍则反映了这些转变。对阅读来说，读者对文本的叙事声音意识增强。诗韵体小说中自由诗句凸显了声音的维度。作家能够精心雕琢诗句，就像为朗读而精心编排一样。作家可以塑造节奏，确定断句的位置以增加重点，通过行长来改变节奏，或者利用诸如重复、尾音和连词等诗意的手段凸显声音的效果。同样，读者在阅读时也更容易体会到文字的声音。绝大多数的诗韵体小说都采用第一人称叙事视角，运用独白或戏剧性独白的渲染手段来展现经历青春烦恼的青少年人物形象。对读者来说，这种叙事视角具有直接性和真实性。同时，选择诗韵体小说创作的作家，对其小说叙事大都进行了重新构思，使得诗韵体小说风格有所创新，比如，借鉴电影的叙事模式，展现一连串的场景。

虽然对小说创作而言，诗韵体小说创作模式是具有挑战性并有其局限性的，但其独创性对年轻读者具有巨大的吸引力。在创作《柠檬的滋味》时，为了重现叙述者的声音，使读者更贴近叙事者，为中心人物增添生命力，伍尔芙对创作的过程曾自述道："在我创作这本书的三年里，大概把每一句话都大声读了几百遍。我就是这样来断句的，我尽可能地从听觉上感受节奏。我一直担心我把换行符号写错了。我重写了很多次，并不断地朗读，试图感受节奏，同时了解人物和他们的生活。我只是希望它听起来像拉芳的声音在说话，有呼吸的停顿和犹豫，我相信这是自然说话的一部分。"[①]

总之，诗韵体小说体现了小说的意境诗情化和语言韵律化，展现出后现代主义小说的某些特征，体现了对现代小说的叛逆和超越，突破了二元思维

---

① Joy Alexander. The Verse-novel：A New Genre[J]，Children's Literature in Education，Vol.36，No.3，2005：270.

模式,尊崇创新性差异。就语言的视觉艺术而言,诗韵体小说的组合排列,或像山泉突冒,或像波涛汹涌。诗韵体小说诗化的叙事话语,改变了小说叙事的常态化和情节的模式化,充分展现了叙事要素的有机结合,为当代美国青少年小说的创作发展注入了新鲜血液。

第二节 21 世纪美国青少年反乌托邦小说浪潮

20 世纪 50 年代初至 60 年代末,随着以 J.D. 塞林格(J.D. Salinger)的成名作《麦田里的守望者》和 S. E. 辛顿(S. E.Hinton)的《局外人》为代表的现实主义小说的出现和兴盛,美国青少年小说作为一个独立的文学类型逐步发展成熟。在经历了"黄金时代"的发展后,20 世纪 90 年代末,美国青少年小说无论是在创作手段、表现形式、艺术成就还是思想内涵等方面的成就有目共睹,涌现出一大批青少年读者喜闻乐见的优秀作品。步入 21 世纪,在新时代语境下,21 世纪美国青少年小说在体裁、内容、表现手法方面不断探索,在坚持现实主义创作的同时,呈现出多元共生的发展格局,其中以苏珊·柯林斯(Suzanne Collins)的《饥饿游戏》三部曲(*The Hunger Games*,2008—2010)为代表的青少年反乌托邦小说热潮格外引人注目。青少年反乌托邦小说热潮的出现不仅是文学领域的文学现象,也是一种文化现象,它不仅是特定社会、文化土壤孕育的产物,也是历史与现实共同作用的结果。

一、反乌托邦小说:21 世纪美国青少年文学发展新趋势

"乌托邦"是人们理想中完美的社会形式与国家形态,而"反乌托邦"则与"乌托邦"相对,是一个充满丑恶与不幸的地方。在那里,各种社会弊病,如集权、暴力、犯罪、迫害、灾难等无处不在,是一个令人绝望之地。著名学者弗·詹姆逊(Fredric Jameson)在《时间的种子》(*The Seeds of Time*,1994)第一章"反乌托邦与后现代"中曾说:"反乌托邦基本上是科幻小说中批评语言所说的'关于最近未来'的小说,它叙述某种即将到来的灾难故

事——生态、人口过剩、瘟疫、干旱、偏离轨道的彗星或核故事等等。这些灾难在现实生活中尚未出现或转化，而在小说的时间里则迅速地提前到来了。"① 20 世纪 20 年代后期，面对战争灾难和极权专制给人类社会带来的负面影响，一系列反乌托邦小说作品先后出现，其中俄罗斯作家叶甫盖尼·扎米亚京（Yevgeny Zamyatin）的《我们》（*We*，1920）、英国作家阿道司·赫胥黎（Aldous Huxley）的《美丽新世界》（*Brave New World*，1932）、英国作家乔治·奥威尔（George Orwell）的《1984》被誉为反乌托邦小说三大经典。这些作品构建了一个高度集权、社会等级制度森严、统一封闭的社会。在那里，没有自由可言，人性被剥夺，高科技成为控制、镇压和惩戒反抗者的工具和手段。虽然反乌托邦小说的背景大多远离作者所处的地域和时代，但故事反映的都是非常具体和现实的社会现象。如《我们》的故事背景虽然发生在一千年后的一个秘密地方，但小说主要表现的是在苏联革命后扎米亚京所感知的社会弊病。《美丽新世界》的故事尽管设定在遥远的未来，但它讽刺的则是赫胥黎所处时代英国社会物欲横流的现象，而《1984》对未来极权主义国家的预言，则主要来自奥威尔对近代斯大林主义和法西斯主义的反思。反乌托邦小说创作的主要目的是突出 20 世纪上半叶极权主义所带来的恐怖，从而避免人类社会重蹈覆辙。因此，从这个意义上说，反乌托邦小说普遍反映的是不同社会语境中作者对自己所置身的社会现实的关注和自省，以及对社会弊病和人类未来所面临危机的反思。

21 世纪头 10 年，美国作家斯蒂芬妮·梅尔（Stephenie Meyer）超自然浪漫奇幻小说《暮光之城》系列（"Twilight" saga，2005—2008）曾在欧美文学市场火爆登场，对占据主导地位的现实主义青少年小说带来不小挑战。一时间，巫师、吸血鬼和狼人甚至仙女和小精灵成为最受青少年读者喜欢的角色。继青少年奇幻小说热潮之后，美国作家苏珊·科林斯的青春反乌托邦小说《饥饿游戏》三部曲更加风靡文学市场。苏珊·科林斯的成功带动了许多作家，他们纷纷尝试青少年反乌托邦小说，其中影响较大的作品有詹

---

① [美] 弗·詹姆逊. 反乌托邦与后现代 [J]. 王逢振，译. 南方文坛，1997(3)：60.

姆斯·达什纳（James Dashner）的《移动迷宫》系列（*The Maze Runner series*，2010）、劳伦·奥利弗（Lauren Oliver）的《爱有止境》（*Delirium*，2011）、《喧嚣》（*Pandemonium*，2013）和《安魂曲》（*Requiem*，2013），维罗妮卡·罗丝（Veronica Roth）的《分歧者》系列（Divergent，2011—2013）等等。这些小说一经问世就迅速占据欧美各大畅销书榜首，并获奖无数，比如《分歧者》曾位列《纽约时报》畅销书排行榜第一名，被《华盛顿邮报》评为2012年度十大最受欢迎青少年小说第一名。《分歧者》系列第二部《叛乱者》（*Insurgent*，2012）则傲居《纽约时报》畅销书榜超过100周，上市后狂销300万册，该系列小说的第三部《忠诚者》（*Allegiant*，2013）2013年10月22日刚在美国出版上市，便轻松登陆欧美各种图书的排行榜前列，呈现出版和消费的热潮。青少年反乌托邦小说所描绘的荒诞、可怕的未来，以及小说主人公在经历众多艰难险阻后成功推翻以成人社会所代表的极权统治，从而完成自我认同的经历，深深地吸引着广大青少年读者。正如美国电视公共网（The CW）总裁马克·佩德维茨（Mark Pedowicz）诙谐的评述那样，在当代美国青少年文学中"如果你不是天使、狼人或吸血鬼，你就是一名16岁的女英雄，在未来的反乌托邦世界里战斗"[①]。

二、 21世纪美国青少年反乌托邦小说热潮的特征

21世纪美国青少年反乌托邦小说继承、发展并拓展了经典反乌托邦小说的文本内涵，巧妙地将反乌托邦体裁、成长主题、追寻母题与救世神话等要素混搭融合，彼此呼应。在科幻和反乌托邦的外壳下，在世界末日的背景中，小说叙事文本以叛逆的青少年为主角，以男女主人公共同成长的人生经历为情节动力，完美地演绎了青春、爱情、成长和拯救世界的主题。小说叙事文本的混搭既丰富了青少年反乌托邦小说的艺术价值，也满足了青少年读者多层次的认知诉求。小说要素混搭，女性反叛形象凸显和小说衍生化产品丰富构成了21世纪美国青少年反乌托邦小说热潮的三大特征。

---

① Carrie Hintz & Elaine Ostry eds. Utopian and Dystopian Writing for Children and Young Adults [M]. NY: Routledge. 2003: 82.

苏珊·柯林斯的《饥饿游戏》三部曲小说叙事文本混搭就十分明显。小说背景设定在一个高度集权的帕纳姆国。这个国家由富裕的都城和12个贫困区组成。每年从贫困区选出24名12岁到18岁的少男少女参加名为"饥饿游戏"的电视死亡比赛。参加比赛的人被称为"贡品",被迫在危险的竞技场内进行殊死搏斗。"饥饿游戏"的目的是为都城提供娱乐,并作为对12区反抗都城的惩罚,以彰显都城的绝对权威。公共竞技场是经过高科技人工操纵的森林和荒野,那里危机四伏,陷阱、怪兽无处不在。竞技中,"贡品"们为了生存相互猎杀,而这些情景则被电视现场直播。对于都成"凯匹特",这是一场年度盛会,是游戏;而对于12区,则意味着羞辱、死亡和折磨。

小说女主人公凯特尼斯(Katniss)来自12区。为了保护妹妹樱花(Prim)免受伤害,凯特尼斯自愿成为游戏中的"贡品"。在游戏中,她有幸结识了皮塔,并和皮塔经历了生死与共的爱情磨炼和性格冶炼。皮塔爽朗、健谈、坦诚又机智。在皮塔的帮助下,凯特尼斯从一个懵懂的少女成长为顾大局、懂团结和关怀群体的杰出斗士。残酷的生存游戏激发了她强韧的求生意志,最终掌控了游戏的结局。凯特尼斯在为生存而奋斗的过程中,不仅勇敢地赢得了胜利,还激发了各区对都城的反抗。在经历了许多危险和困难之后,凯特尼斯成熟起来,成长为一名反抗暴政的斗士。在通往生存的苦战之路上,在人性和爱的艰难抉择中,凯特尼斯逐步成长为女中豪杰。小说既涉及凯特尼斯和皮塔的成长之旅和爱情故事,又融入了反乌托邦小说的抗争、追寻和英雄救世,从而把"青春"和"反乌托邦"这两种看似相去甚远的小说元素巧妙地结合起来。小说要素的有机混搭极大地拓展了青少年反乌托邦小说的叙事维度。

21世纪美国青少年反乌托邦小说热潮的另一个特点是小说文本凸显女性反叛形象。19世纪和20世纪早期,美国青少年小说展现的女性形象大多是"消极的"(passive)和"从属的"(subordinate),即使是在她们最具反抗意识的时候,这些年轻的女性仍然是"自我牺牲和顺从"(self-sacrificing and submissive)的完美典范。而21世纪美国青少年反乌托邦小说展现的女性则试图重新创造她们所生活的世界,让这个世界更加平等、更加进步,并最终更加自由。《饥饿游戏》三部曲中的女主人公凯特尼斯就是一个典型的例子。

凯特尼斯擅长使用弓箭。她射出的三支弓箭成为反抗暴政统治,追求自由的象征和标志。凯特尼斯射出的第一支箭是在都城体育馆"贡品"技能展示会上。当凯特尼斯在游戏制作人面前展示弓箭技能时,大多数人并没有关注她,而是盯着一只刚刚端到宴会桌上的烤猪。游戏制作人的漠视让凯特尼斯很生气,猛然间心中怒火中烧。于是凯特尼斯"不假思索,从箭袋中抽出一支箭,直射向大赛组织者所坐的桌子。……那些人赶紧跌跌撞撞地往后退。箭正好射中烤猪嘴里的苹果,一下子连箭带苹果钉在了后面的墙上"[①]。凯特尼斯射向游戏组织者的箭,表达了她对来自都城的不公平和非人道待遇的愤怒,这一箭也是她发出的与邪恶作斗争的信号。凯特尼斯射出的第二支箭则完全摧毁了游戏组织者设计的竞技场,这一箭象征着凯特尼斯从天真无邪的女孩朝反抗暴政的勇敢战士的蜕变。在第三部《嘲笑鸟》中,凯特尼斯射出了她的第三支箭,射死了暴君总统,将反抗暴政进行到底。通过射出的这支箭,凯特尼斯表明了她不再是任何游戏中的一枚棋子,无论是饥饿游戏还是政治游戏。

在劳伦·奥利弗的小说《爱有止境》中,女性追求爱和被爱的权利得到淋漓尽致地展现,从另一个侧面表达了女性的反抗。《爱有止境》设定在一个被战争摧残的世界,极权政府宣称"爱"是一种疾病,每个人成年之后都将通过特殊的手段根除大脑中的"爱细胞"。故事女主人公蕾娜(Lena)从小就被告知,自己的母亲因为深陷于"爱"而饱受焦虑、抑郁、紧张和癫狂的折磨,最终自杀。蕾娜无奈地等待着18岁生日的到来。在那一天,她将接受治疗,根除大脑中的"爱细胞",接受社会规定的"没有爱"的人生。男孩亚里克斯(Alex)的出现唤醒了蕾娜少女的心,让蕾娜既欣喜又惆怅,忐忑不安,意识到这正是美丽的"爱的疾病"。同时她也意识到在阻隔他俩的高墙外,存在一个真实的爱的世界。为了追求爱与被爱的权利,人们必须抗争:"你得明白。我是个平凡的女孩,孤苦无依。我身高五英尺两英寸,方方面面都很普通。但我有个秘密。你可以把墙筑得齐天高,但我依旧会想方设法飞跃而过。你可以派无数个人按住我,但我依旧会想方设法反抗。"[②]从《饥饿游戏》中勇

① 苏珊·柯林斯. 饥饿游戏 [M]. 狄芳,译. 北京:作家出版社有限公司,2022:81.
② 劳伦·奥利弗. 爱有止境 [M]. 刘勇军,译. 北京:中国友谊出版公司,2015:341.

敢的女斗士凯特尼斯到《爱有止境》中向死求生的蕾娜，21世纪美国青少年反乌托邦小说展现了一个又一个抵抗强权的女性反叛形象。

　　同时21世纪美国青少年反乌托邦小说的出版往往衍生出许多颇受青少年痴迷的漫画和电影，如《饥饿游戏》系列、《分歧者》系列等。小说衍生化产品的相继涌现，合力造就了21世纪美国青少年反乌托邦小说热潮的第三个特色。小说衍生化产品的涌现主要是由于小说文本成功地塑造了栩栩如生的超级英雄形象。同时，小说文本把社会矛盾和生活矛盾通过正与邪、善与恶的二元对立方式加以展现，很适合青少年读者的认知预设。超级英雄的超能力满足了青少年读者获得安全感的需求，也满足了青少年读者渴望改变自我和社会的欲望。

三、反乌托邦小说热潮与新一代美国青少年文化思潮

　　美国人类学家阿尔弗雷德·克洛依伯（Alfred Kroeber）和克莱德·克拉克洪（Clyde Kluckhohn）在其1952年出版的《文化：概念和定义批判分析》（*Culture*：*A Critical Review of Concepts and Definitions*，1952）一书中指出：文化的基本要素是通过历史衍生和选择得到的传统思想观念和价值体系，其中尤以价值观最为重要。文化存在于各种内涵和外显的社会模式和生活模式之中，借助于符号得以学习和传播，并构成人类群体的观念、传统、制度、符号、文学、艺术和习俗等。[①]文学是文化的一面镜子，小说在虚构故事和人物的同时，也在通过故事和人物传递着特定的世界观和价值取向。反乌托邦小说热潮的出现无疑折射出新一代美国青少年所代表的文化思潮。

　　首先，质疑世界，追求平等，实现自我是新一代美国青少年文化思潮的核心。如《分歧者》中的女主人公翠丝（Tris），生活在反乌托邦背景下的芝加哥，社会已经被分裂成五个派别，每个派别都有一个美好的标签：无私（Abnegation）、友好（Amity）、诚实（Candor）、博学（Erudite）、无畏（Dauntless）。每年有一个固定的日子，年满16岁的所有年轻人必须在这一天

---

　　① Alfred Louis Kroeber，Clyde Kluckhorn. Culture：A Critical Review of Concepts and Definitions [M]，Kraus Reprint Co. 1952：38-40.

参加"派别大典",选择余生将要奉献的派别。派别远重于血缘。没有了派别,人们将无以生存。如果被贴上"无派别"的标签,那将比死亡来的更惨。人们从小就被灌输这样的信念,对于他们而言,一个派别就代表着一种信仰,一个派别就是一种人生。而在"派别大典"上,当主持人马库斯马库斯(Marcus)在大典开幕式致辞中滔滔不绝地宣扬派别至上的理念时,翠丝却对人们思想中根深蒂固的这种信念产生了质疑:"我忽然想起派别历史课本中的一句格言:派别远重于血缘,相较于家庭,派别才是人们唯一的依归,但是否真的如此绝对呢?"①此时的翠丝在五个派别中纠结不已,她不确定自己的信仰。她的个性测试结果是无私派、无畏派和博学派个性各占三分之一,得出这种测试结果的人被称为"分歧者"。在质疑、困惑和恐惧中翠丝开启了自我认识之旅。在经历了魔鬼般的新生训练和无数血雨腥风的考验后,在不断的反思和抉择中,翠丝最终认识到分歧者的身份让她与众不同,她不受任何人和任何派别的控制。对于翠丝而言,我就是我,我的青春我做主。

其次,自省意识与危机意识并存是当代美国青少年文化思潮的晴雨表。自2001年"911"恐怖袭击发生后,美国民众遭受前所未有的伤害,民族优越感、安全感受到极大削弱。这突如其来的灾难和危机促使美国人包括青少年群体反思当下的美国社会,反思人类命运。青少年反乌托邦小说构建的恐怖、暴力、灾难、创伤、危机、战争、毁灭、独裁等文本话语无不时时刻刻警醒着人们反思历史,重构救赎之路。

最后,崇尚自由和个性解放,满怀希望,憧憬未来是当代美国青少年文化思潮的主流。反对集体主义,崇尚个性解放,是21世纪美国青少年的天然倾向。西方的个人主义价值观深深扎根于文艺复兴时期的人文主义,核心是尊重人和人的价值,相信人的力量,强调个性与自由。科幻小说《移动迷宫》就寄托了这样的愿望。小说讲述男孩托马斯(Thomas)在电梯中醒来,神奇地失忆了,之后他来到了一个陌生地方,四周被巨大的水泥迷宫包围,时常还会

---

① 劳伦·奥利弗. 爱有止境 [M]. 刘勇军,译. 北京:中国友谊出版公司,2015:30.

受到怪兽的袭击,生命岌岌可危。此时,他遇到了同样命运的50位男孩。他们生死相依,决心共同努力走出迷宫。在绝望的险境中,他们盼来了希望之光,电梯送来了女孩特雷莎(Teresa)。托马斯和特雷莎决定一起破解迷宫背后令人不寒而栗的秘密。小说展示了希望与人性是青少年前进的永恒动力,也是青少年追求个性解放的思想基础。

结束语

21世纪青少年反乌托邦小说在美国的盛行构成了世界文化潮流中的一道靓丽风景。小说常常反映出人类科技极端发达,物质高度泛滥,但人们内心极度空虚的精神危机。在反乌托邦社会背景下,独裁统治横行,个人的发展受到压制,人性被泯灭,自由被压制。同时,21世纪美国青少年反乌托邦小说中常常把"青春"以及"反乌托邦"这两种看似相去甚远的小说元素结合起来,拓展了小说文本的维度。反乌托邦小说的本质是反集权统治,这一点恰好和青少年张扬个性、崇尚独立思想意识相契合。此外,青少年反乌托邦小说的背景常常发生在未来社会,故事叙述中大量运用的科幻元素深深吸引着青少年读者,让他们感觉热血沸腾,极大地满足了青少年读者渴望拯救世界,希望成为某种叛逆英雄的愿望。青少年反乌托邦小说中出现的爱情元素也契合青少年向往美好爱情的少年之心。上述所有这些特征促使21世纪美国青少年反乌托邦小说热潮的兴起。

第二章　21世纪美国青少年小说主题

　　21世纪美国青少年小说的主题在格局上和20世纪青少年小说有着很强的传承性。爱丽丝·储普（Alice Trupe）2006年出版的《青少年文学主题指南》（*Thematic Guide to Young Adult Literature*）[①]一书曾对20世纪60年代至21世纪之交的150部有一定知名度的美国青少年小说作品进行分析归类，划分出32个小说主题类别，内容涉及成长、友谊、爱情、正义与邪恶、生存与死亡、代际关系、校园生活、历史传承、战争等方方面面。这些青少年小说主题在21世纪美国青少年小说中都有体现。除此之外，面对21世纪的曙光，面对风云变幻的大千世界，作家们也不断地发挥自己的创造力和想象力，用自己的笔多方位地展现当代社会的生活面貌，这也使得21世纪美国青少年小说主题呈现出多元价值取向。

　　首先是对主流价值观的解读。美国的主流价值一直是和美国国家意识相吻合的。作为一个以意识形态号令盟友、挥斥天下的霸主，美国的国家意志从来就是培养青少年意识形态的主牌。进入21世纪，美国虽然存在严重的党派之争，但驴象之间的国家意识则高度一致。在诸多为青少年创作的作家心中，为实现"美国梦"而构思自然也就成为文学创作的主流。美国社会普遍提倡

---

① Alice Trupe. Thematic Guide to Young Adult Literature [M]. Westport：Greenwood Press. 2006.

个人主义和个人奋斗的自强自立精神,这也是培养青少年谋求个人幸福的并搏精神。但对幸福的解读,往往因人而异,而作家由于写作良知的驱使,一般喜爱关注弱者,为他们发声。关注不同的弱势群体,如何共同在美国为自身的幸福打拼,"实现美国梦"成为 21 世纪美国青少年小说的一大主题。韩裔女作家安娜(An Na)的《离天堂一步之遥》(*A Step from Heaven*,2002)就是外来移民追求美国人身份的一部血泪史。小说叙述了在白人处于主导地位的美国,外来移民苦苦追寻心中所谓的"美国梦"的故事。在《离天堂一步之遥》里,幼年的英珠(Young Ju)对移居美国并没有父母那一辈人的狂热,她认可的天堂是可爱的爷爷安息的地方。随父母移民美国后,英珠发现美国并不是一个充满韩国乡土气息,令人向往的地方。身为渔民的父亲一直难以融入美国社会,家庭矛盾也因此不断加深,最后英珠的父亲因家暴被遣送回国,生活的重担落在母亲一人身上。在母亲的努力下,家境逐渐改善。英珠也不断奋发图强,拿到理想的学位。最终一家人步入了美国中产阶层,过上了相对富足的生活,实现了所谓的"美国梦"。美国青年作家卡罗尔·普鲁姆·乌奇(Carol Plum-Ucci)的《克里斯托弗·克里德的尸体》(*The Body of Christopher Creed*,2000)则讲述白人小镇斯帝伯通(Steepleton)出现的怪事。一位家境极其优越的高三学生克里斯托弗·克里德竟然神秘失踪,从而引发一系列不同的反应,并产生离奇的后果。小说曲折地反映出美国主流社会遇到的难题:越是单纯优秀的白人小孩,越是不被自己的群体接受,主要原因是人们对价值观的解读存在无法逾越的差异,最终招致社会人群的异化。这种异化当然是对客观社会现象的讽刺。在高度文明的美国,物质追求和精神追求是完全不同的两个概念。由于贫富两极分化严重,物质的优越无法弥补精神的迷茫和失落,因此,追求幸福、平等也就难以实现。

其次是对弱势群体抗争的赞美。弱势群体几乎是文艺创作的沃土。大凡属于被痛苦推动而奋进向前的故事都是最能感动有志青少年的作品。那些让主人公的磨难达到高潮的痛苦情节正是励志的伴奏曲。而痛苦对美国非主流社会的人群而言几乎是与生俱来的。他们在种种罕见的痛苦驱使下,不向前迈进就只能毁灭,更谈不上幸福。其实美国的弱者主要是非主流社会的移民族群。弱势群体的呼声一直是美国文学的重要力量。而反映这些弱势群体的青少年小说也成为 21 世纪美国青少年小说的另一大主题。半自传体成长小说《我就是要挑战这世界》(*The Absolute True Diary of a Part-time Indian*，2007)就是美国作家薛曼·亚历斯（Sherman Alexie）在 2007 年推出的一部力作。小说以日记体的形式叙述一个 14 岁印第安少年阿诺出生后的悲惨命运和不屈抗争的艰苦过程。他生下来就伴有脑水肿，成长中到处被人欺负。他无法改变生理缺陷和民族地位，但通过接受白人先进文化，认识到自我身份与价值后，主动融入主流社会，并积极保护原住民的保留地文化，完美演绎了非暴力抗争的、融合性奋进的、变痛苦为前进动力的逆袭佳话。金柏莉·布鲁贝克·布拉德利（Kimberly Brubaker Bradley）的小说《橱柜里的女孩》（*The War That Saved My Life*，2015)则以第二次世界大战为背景，叙述了脚有残疾的女孩艾达（Ada），如何克服自身的残疾，摆脱母亲的虐待，战胜内心的恐惧，最后成长为战争小英雄的故事。艾达凭借自己的勇敢和倔强，以不屈不挠的精神改变了自己的命运，向世人展示了不畏生活磨难，永不屈服的正面形象。

再次是对黑恶势力暴虐的揭露。在美国存在一种从不宣扬但却难以消解的深层社会问题：黑恶势力集团，尤其是寡头集团的暴虐。众所周知，美国的黑恶势力是非常可怕的。他们曾有组织地犯下"仇恨犯罪"（hate crime)。这种"恨罪"是指针对某一特定社会群体的歧视性或偏见性的犯罪行为。受害者由于种族、肤色、原国籍、血统、宗教、性去向、性别认同、残疾、资产状况等背景而遭受威胁或攻击。进入 21 世纪以来，许多州就频发校园枪击案，历届政府都为之头痛。主要原因就是背后军火集团的利益无法侵犯。弱小的青少年及其家庭成为最大受害者，反映这一主题的代表性小说是《知更鸟》（*Mockingbird*，2010)。由于 20 世纪的《杀死一只知更鸟》（*To Kill a Mockingbird*，1960)已经在美国文坛历 50 年而不衰，知更鸟的形象便在小说中提高了知名度，也成为弱势族群不言而喻的文化图腾。不过，这篇小说没有侧重揭露黑恶势力的内幕，而是浓墨重彩地描述小主人公如何"终结"因枪击案而"支离破碎"的生活，开启"色彩斑斓"的新生活的故事。小说的成功虽然没有为真正破解美国社会枪支文化泛滥和校园暴力横行的顽疾开出良方，却为珍视生命提供了新的典范。小说家南希·法默（Nancy Farmer）的《蝎子之家》（*The House of Scorpion*，2002)则从克隆人的角度揭露了美国财阀集团滥用高科技的罪恶。小说讲述财阀集团大佬阿尔·帕特隆（El

Patròn）在位于阿兹特兰（现称墨西哥）和美国之间建立了一个鸦片王国，将智能芯片植入许多移民的大脑，让他们像机器一样为鸦片王国无休止地干活。一名叫作马特（Matt）的克隆小孩，作为供体为阿尔·帕特隆提供移植器官，这也就注定了马特悲惨的命运。

最后是对大爱精神的颂扬。美国的青少年小说普遍充满大爱精神。这和美国人提倡人权有关。但有学者认为，做任何事情都离不开两类动机：内生型（internal）动机和工具型（instrumental）动机。内生型的大爱是指本能的，无条件的奉献之爱。例如，对父母等亲人的爱，对落难者的救助，对国家和社会的大爱，这些大爱都不是沽名钓誉的爱。另一种爱是有条件的爱，有期待的爱。例如，希望得到爱情，得到关怀，得到特定的幸福。但只有奉献付出的爱，才会爱而无悔，值得赞扬。无疑，《知更鸟》是充满大爱的佳作。作家朱迪·布兰德尔（Judy Blundell）的小说《我之所见，我之谎言》（*What I Saw and How I Lied*，2008）则充满着错综复杂的爱。小说叙述了 15 岁的少女艾薇（Evie）在充斥着谎言的家庭和社会中，面对道德和法律，被迫在善恶之间做出道德伦理选择的故事。小说里艾薇因为自己迫不得已的谎言而受到良心的谴责，最后背着家人冒险捐出巨额款项，并通过这一正义之举走上了自我救赎之路，小说体现了作者对大爱的颂扬。

第一节　后殖民语境下"我就是要挑战这世界"

半自传体成长小说《我就是要挑战这世界》（以下简称《挑战世界》）是美国作家薛曼·亚历斯 2007 年的一部力作。该小说一经出版，就以其幽默的语言、新颖的卡通插图、真实的人物塑造深深地打动了读者。该书曾获得 2007 年"美国国家图书奖"、2008 年"《波士顿环球报》好书奖"、2008 年"华盛顿图书奖"、2008 年美国青少年图书馆协会年度最佳图书等十多个奖项。小说以日记体的形式叙述了 14 岁的印第安少年阿诺（Arnold），一个出生时就伴有脑水肿，一个到处被人欺负的少年，为了改变命运，独自一人离开印第安原住民保留区来到陌生的白人中学求学的故事。在这段人生经历中，主人公阿诺历经磨难、经受住了环境的考验、认识到了自我身份与价值、调整了自我与社会的关系，在困境中得到了成长，完美演绎了逆袭人生的佳话。

一、双重成长困境

《挑战世界》的成长主题明显地反映出作者对青少年成长所处困境的关注。小说主人公阿诺的成长困境主要来自两个方面：一方面是先天不幸的生理条件和贫穷的家庭环境，另一方面则来自以白人为主流和中心的美国社会对印第安原住民的种族歧视和文化殖民。小说主人公阿诺天生脑袋积水。他外形滑稽，很瘦，大手大脚走起路来像个大写的英文字母 L。他视力不佳，说话结巴，口齿不清。特别是他家里很穷。身体的缺陷和家境的贫寒使得他常常成为被嘲笑和欺负的对象。为了改变自己的命运，在老师 Mr. P 的建议下，阿诺做出了人生最重要的决定：离开村落，转学到富裕小镇上的白人中学学习。在那里，作为全校唯一的一名印第安人，他成了异类，而印第安部落族人视阿诺转学的行为为"背叛"，嘲弄他为"苹果"意即"外红内白"。面对族人的误解和最好朋友的离去，面对白人同学的嘲讽和霸凌，阿诺怀着一颗宽容的心，不惧困境，勇敢面对挑战，克服了种种困难，最终赢得了好朋友和族人的理解，甚至赢得了白人同学和老师的友谊，实现了自己的人生梦想。

小说主题往往是通过其叙事要素如情节、人物、叙事方法等等来表现的。成长小说的叙事要素因其成长主题的同一性常常表现出一些共同的叙事特征，如情节上的"出走"、人物上的"引路人"、事件上的"成长仪式"等等。[①] 这些共性在《挑战世界》中有时以显性的方式出现，有时则以象征、意象等隐蔽的形式展现出来。

主人公阿诺"出走"的导火线源于发生在高中几何课上的一次"突然事件"。当阿诺满怀欣喜打开数学老师Mr.P发下来的几何教材第一页的时候，他看到上面写着"这本书属于阿格尼丝·亚当斯（Agnes Adams）"。[②] 阿格尼

① 芮渝萍，范谊. 青少年成长的文学探索——青少年文学国际研讨会论文集 [M]. 北京：外语教学与科研出版社，2011：292.

② 薛曼·亚历斯. 我就是要挑战这世界 [M]. 卢秋莹，译. 西安：陕西师范大学出版社，2010：37.

丝·亚当斯是阿诺的母亲。她30岁时生下了阿诺。这就意味着阿诺现在使用的是至少30年前的旧课本。意识到这一点，少年阿诺十分气愤。"我不敢相信。这有多恐怖啊？我们的学校和部落穷到、惨到我们竟然得使用我们爸妈当年用过的同一本见鬼课本，这绝对是世界上最悲惨的事。"①

显然，阿诺对贫穷的憎恨不是仅仅出于个人的情感，而是出于对整个部落境遇的忧愤。他在叙述自己的家世时，一方面很自豪地用插图的形式，指出父母的优秀素养。妈妈酷爱阅读，过目不忘。只要有机会，应该能够上大学。爸爸有音乐天赋，如果有机会，能成为音乐家。但印第安原住民部落穷得精光，人们没办法实现自己的梦想。同时作为印第安人，你认为自己穷是因为自己又丑又笨，"你开始相信自己注定穷一辈子。这是一个恶性的循环，但你一点办法也没有"②。这绝不是表明阿诺自甘认命。这只是阿诺在使用话语权利代表整个原住民进行血泪控诉。在幼小的阿诺心目中，消除贫困，不仅事关生存，而且与爱息息相关。当阿诺自认为又丑又傻，被所有人嫌弃的时候，只有那只宠物狗奥斯卡（Oscar）最亲近他。可是奥斯卡病入膏肓时，家里无钱给它治病，只能让爸爸一枪结束它的痛苦。这时的阿诺心如刀割。他深悟出一个哲理：贫穷不能给你力量，不能传授你毅力。不，贫穷只是让你继续贫穷。

后来阿诺在课堂上气愤地随手拿起课本劈头盖脸地砸向数学老师Mr.P。也正是这一砸，阿诺邂逅了他人生的"引路人"。"安排一位成年人给予年轻的主人公以经验指导，或者为他指出探索的方向，是成长小说中常见的另一个结构要素。"③在成长小说中"引路人"这个概念有着广泛的内涵。他可以是父母亲人或朋友老师，也可以是对手或陌生人；"引路人"既可以是给主人公指点迷津、帮助他健康成长的"正面引路人"，也可以是从负面影响主人公成长的"反面引路人"。《挑战世界》中阿诺的"引路人"Mr.P是政府派

---

① 薛曼·亚历斯.我就是要挑战这世界[M].卢秋莹，译.西安：陕西师范大学出版社，2010：37.

② 薛曼·亚历斯.我就是要挑战这世界[M].卢秋莹，译.西安：陕西师范大学出版社，2010：16.

③ 芮渝萍.美国成长小说研究[M].北京：中国社会科学出版社，1999：95.

到印第安原住民部落中学任教的一名白人教师。出于良心发现,他非常悔恨自己年轻时对印第安孩子所做的非人道行径。当阿诺把书砸到他头上时,他并没有处罚阿诺,反而鼓励阿诺离开部落学校,转学到教学条件好的白人学校学习从而获得更多的实现自己梦想的机会。Mr.P 的建议对阿诺的成长产生了积极的影响,改变了他的成长轨迹,同时促成了阿诺的"出走",即孤身一人异地求学。"出走"让阿诺登上了一个更大的人生舞台,在这个舞台上尽情演绎从懵懂幼稚到稳健成熟的蜕变。在这个舞台上,阿诺经受了各种考验,重新认识了自我身份与价值,在困境中学会了面对世界和自我,在困境中得到了成长。因此阿诺的"出走"成为一种象征,象征着主人公与过去的"自我"的诀别,象征着主人公朝着成熟理性艰难奋进的开始。

以白人为主流和中心的美国社会对印第安原住民的种族歧视和文化殖民是阿诺成长道路上面临的第二个困境。Mr.P 的良心发现并不意味着白人对印第安原住民种族歧视和文化霸权的消失。美国白人学者赫尔曼·梅尔维尔(Herman Melville)曾直白地说:"我们美国人是上帝独一无二的选民,……上帝已经预定,人类也在期望我们的民族做出伟大的事情,而且我们的心灵已经感受到了这些伟大的事情。其他民族一定会很快落在我们后面。我们是世界的拓荒者,是先遣队,被派往未知的荒野,在属于我们的新大陆开辟新的道路。"①

Mr.P 对阿诺的拯救只是个案而已,正如奥巴马当选美国总统,并不意味着美国黑人整体获得认可和解放一样。拯救一个阿诺,并不能改变保留地印第安原住民贫困落后的根本命运。

二、后殖民语境与"他者"境遇

在这部以成长为显性主题的小说中,后殖民主题反映了印第安人所处的生存困境。小说成长主题和后殖民主题的有机结合大大地拓展了小说的内涵和深度,从而增强了小说的现实意义和艺术价值。

---

① 孙万军. 美国文化的反思者——托马斯·品钦 [M],北京:知识产权出版社,2011:113.

在后殖民语境中，"内部殖民"是一个重要范畴。它主要指"在国内或内部殖民地中，欧洲白人、英国殖民者以及他们的后裔对本土原住民、墨西哥人、从非洲贩买来的奴隶以及他们的后代进行控制和支配"①。美国建国三百多年的历史实际上就是印第安人被杀戮、被驱赶、被殖民和同化的血泪史。即使在明目张胆的殖民统治已成为历史的现代美国社会，白人主流社会始终没有放弃使用各种显性或隐忄的殖民手段对印第安人进行殖民及同化，文化殖民就是其中的一个主要策珞。这一点可以从白人数学老师 Mr.P 对阿诺说的话中体现出来："……我们是要让你们放弃做个印第安人，放弃你们的歌曲、传说、语言和舞蹈，所有一切。并不是真的杀死印第安人，是杀死印第安文化。"②当印第安人引以为自豪的本土传统文化逐渐地被白人统治者摧毁时，印第安人的灵魂深处便产生出一种无法排解的自卑情结。自卑往往使人自弃，而自暴自弃反过来更加剧了印第安人的生存困境。阿诺身边的印第安人个个酗酒成性，脾气暴躁，死亡的阴影像魔鬼般笼罩在印第安人的头上。14岁的阿诺小小的年纪就经历了太多的死亡。作者用黑色幽默的笔调，从阿诺的视角道出了印第安人悲惨的生活境遇："十四岁的我，参加过四十二场葬礼。这才是印第安人和白人之间最大的不同。……我的所有白人朋友，只用单手就可以算完自己经历过的生死离别。我用上所有的手指、脚趾、双手、双腿、两只眼睛、两个耳朵、鼻子、一条老二、两瓣屁股，还有小奶头，都无法算完我经历的死亡。你想知道最惨的、最不快乐的是什么吗？那就是，其中几乎百分之九十的死亡跟喝酒有关。"③

同时内部殖民也体现在一个民族国家内各地区之间政治和经济发展的不平等，即"不均衡发展"，《挑战世界》中印第安人保留地生活的凄凉现实充分暴露了印第安人在美匡社会中的"不平衡发展"。发展不平衡的第一个

---

① 蔡云 . 美国"内殖民"进程中的"他者"——后殖民语境下海明威小说中的印第安人 [J]，名作欣赏，2011：62.

②薛曼·亚历斯 . 我就是要挑战这世界 [M]. 卢秋莹，译 . 西安：陕西师范大学出版社，2010：43.

③薛曼·亚历斯 . 我就是要挑战这世界 [M]. 卢秋莹，译 . 西安：陕西师范大学出版社，2010：239.

迹象是贫穷的印第安社区和几英里外的中产阶级白人城镇之间的巨大鸿沟。白人城镇雷尔登（Reaedan）的居民更容易获得社会服务、医疗保健和财富，反之贫穷弥漫整个印第安社区，"贫穷 = 空空的冰箱 + 空空的肚子。没错，我们家有时候是有一餐没一餐的，晚餐只能用睡觉来打发"①。贫困不仅会给印第安人带来身体伤害，还会给他们带来精神和心理的创伤，因为贫穷不会赐给人们力量，"不会教你要怎样才能坚忍不拔。不，贫穷只教会你怎样继续穷下去"②。

同时，经济上的贫穷和文化地位的丧失使得印第安人在白人社会中长期扮演"他者"的形象，时刻处于被边缘化的尴尬境地。在后殖民语境下，西方人往往被称为主体性的"自我"，殖民地的人民则被称为"殖民地的他者"，或直接称为"他者"。西方人长期以来自视优越，把殖民地人民看作是没有能力、没有自我意识、没有思想和话语权的"他者"，是处于从属地位的附属物。"他者"在以白人为主导的社会中常常受到歧视、排挤和不公正的对待。小说《挑战世界》多处描写了美国印第安人悲凉、尴尬的"他者"境遇。

《挑战世界》描述主人公阿诺天生长有 42 颗牙齿，比正常人多出 10 颗。他来到白人开办的"印第安人医疗服务中心"拔牙，因为这家服务中心一年只为印第安人提供一次牙诊机会，可怜的阿诺不得不在一天内拔掉多余的 10 颗牙齿。更可恶的是白人牙医认为印第安人对疼痛的感受程度，只有白人的一半，所以他只给阿诺使用了一半的麻醉剂。

同样，对儿童的体罚的描述，也展现了作为"他者"的印第安人悲凉的处境。在印第安人的学校里，白人实行的是非人的管理和教育。他们对违纪的儿童进行体罚，正如 Mr.P 对阿诺忏悔的那样："我年轻的时候，伤害了很多印第安孩子。"③体罚使孩子们受到身体和心理的双重伤害，给他们幼小的心

---

① 薛曼·亚历斯. 我就是要挑战这世界 [M]. 卢秋莹, 译. 西安: 陕西师范大学出版社, 2010: 10.

② 薛曼·亚历斯. 我就是要挑战这世界 [M]. 卢秋莹, 译. 西安: 陕西师范大学出版社, 2010: 16.

③ 薛曼·亚历斯. 我就是要挑战这世界 [M]. 卢秋莹, 译. 西安: 陕西师范大学出版社, 2010: 43.

灵烙上了恐惧的阴影。这种恐惧心理伴随着他们的成长，无疑在他们人生道路上埋下了巨大的隐患。而对于白人统治者而言，这种恐惧心理正是他们期待的效果。因为恐惧能消磨印第安人的意志，泯灭他们的反抗意识，从而有利于巩固和维护白人的统治。

三、文化冲突与希望和梦想

　　身为印第安人的作者薛曼·亚历斯在小说中并没有一味地描述印第安人不平等的生存困境和他们的自甘堕落。读者在小说中看到更多的是印第安人自强自立、永不放弃以及印第安人和白人相互包容、民族和解的希望。小说中几乎所有的印第安人都有自己的梦想。主人公阿诺的梦想是走出部落，走向世界成为一位伟大的艺术家；姐姐玛丽的梦想是成为一名作家；好友罗迪的梦想是成为一名优秀的运动员。阿诺在接受当地体育新闻记者采访时说的话成为作者表达印第安人自强自立、永不放弃的誓言："我必须证明我比所有的人强，我就是看不惯这个世界，…… 我永远不会向任何人投降，永远、永远不会，绝不！"①

　　主人公阿诺实现希望和梦想的第一步是转到雷尔登的白人学校。受高中老师 Mr.P 先生的启发，阿诺决定去雷尔登，一个富裕的白人农场小镇，距离印第安保护区 22 英里。雷尔登拥有全州最好的学校，有一个电脑室、巨大的化学实验室、一个戏剧俱乐部和两个篮球馆。在雷尔登白人学校，阿诺感受到了两种对立的文化（白人文化和印第安土著文化）的冲突和碰撞。对于家乡，阿诺有一种复杂而矛盾的感情。在阿诺的心中，故乡是一个缺少快乐的无名之地，贫穷落后是它的代名词。然而，当他和好友罗迪（Rowdy）站在巨大的松树顶上眺望远方时，故乡又是美丽的："我们可以看到整个世界。那个时候，我们的整个世界绿意盎然，金光闪闪"。②

---

① 薛曼·亚历斯. 我就是要挑衅这世界 [M]. 卢秋莹，译. 西安：陕西师范大学出版社，2010：223-224.

② 薛曼·亚历斯. 我就是要挑衅这世界 [M]. 卢秋莹，译. 西安：陕西师范大学出版社，2010：270.

在这两种文化的冲突中,阿诺也有过困惑,感觉自己只是半个印第安人,或者所谓的"兼职印度人"(part-time Indian)。夹在两种文化之间,阿诺发现自己陷入了一种"无家可归"的心理困境,这种无家可归感,即使在自己的家里也感到不自在,因为你的文化身份危机让你成为心理难民。印第安保护区的人视他为叛徒,称他为"红苹果",意思是外面是红色,里面是白色。阿诺感觉自己就像一个魔术师,把自己切成了两半,好像有人把他推上了火箭船,炸到了一个新的星球。他成了无家可归的外星人。最终阿诺心智逐渐成熟,走出了心理困境。

阿诺实现梦想的第二步是适应白人学校的新环境,努力赢得同学的友谊。他在白人学校结识的第一个朋友是高迪(Gordy),一位孤独而聪明的男孩。他俩有很多共同点,成为了朋友。高迪教阿诺如何学习,尤其是如何阅读。在高迪的帮助下,加上自己的努力,阿诺的期末成绩相当出色,他在英语、几何、体育和计算机编程方面都获得了优秀。阿诺的出色表现证明,印第安人并非天生就不如白人,他们很聪明,如果给予机会,他们就有成功的潜力。

阿诺不断克服困难追求梦想的不屈精神最终赢得了白人的敬佩和友谊。在小说的后部分,当阿诺参加完姐姐的葬礼,悲伤地回到学校,走进教室时,所有的白人孩子和老师都走过来给他拥抱,拍拍他的肩膀表示安慰。这种亲密友好的感觉让阿诺感慨万分:"他们为我担心,他们想帮我减轻痛苦。我对他们是重要的。"[①]从某种意义上说,阿诺走出印第安保留地到白人学校接受教育的过程,也是多元文化碰撞与文明对话的过程。

《挑战世界》最后一章写到阿诺对故乡的怀念时,提到保留地的成批的高大古树,成千上万的又绿又高的黄松树。这些树有的比美国开国总统华盛顿的年岁还老。言外之意,印第安民族比美利坚共和国的历史悠久得多。阿诺小时候爬过上百棵不同的树。其中有棵树非常高大,耸立在高速公路旁边。一天,阿诺和密友罗迪散步来到树林,一时兴起,一起爬上那棵树。虽然它很高,令人感到头晕,但他俩还是一根树枝一根树枝地攀爬到树的顶端。站在一百

---

① 薛曼·亚历斯.我就是要挑战这世界 [M].卢秋莹,译.西安:陕西师范大学出版社,2010:253.

多英尺高空中，可以看到好几英里远的地方，能看到印第安保留地的边界。在那一刻，整个世界都是绿色、金色和完美的。

小说《挑战世界》没有渲染印第安原住民被白人屠杀、驱赶所受到的痛苦历史，更多展现的是对多元文化融合、现代文明发展的渴望，正如阿诺和他的密友罗迪在贫困的印第安保留地地下室里，饱受夏日炎热，头脑里冒出的简朴梦想："那一天如果我有钱又有名，"罗迪说，"我要买一栋房子，每个房间都要装冷气。"罗迪的心声也是作者的心声。

结束语

作为一名印第安少年，阿诺在《挑战世界》中展现的个人魅力和出色表现，是对欧洲中心主义的否定。欧洲中心主义以欧洲文化和后来的美国白人文化为标准，对其他所有文化和人进行负面解读。他们将美洲原住印第安人视为"野蛮人"，被定义为残忍、邪恶、狡猾、不诚实、愚蠢等等。薛曼·亚历斯成功地将阿诺塑造成一个心怀大志、坚持不懈地追求梦想的印第安少年，是对种族主义和殖民主义意识形态的有力抨击。通过叙述阿诺在困境中的成长经历，《挑战世界》不仅为读者树立了一个坚强不屈、奋发进取的励志榜样而且也表达了渴望民族和解，各民族共同发展，多元文化融合的美好愿望，从而实现了文学熏陶人性、启发良知、激发斗志的最终目的。从这个意义上说，小说《挑战世界》不愧为一部具有伟大现实意义和教育意义的作品。

---

① 薛曼·亚历斯. 我就是要挑战这世界 [M]. 卢秋莹，译. 西安：陕西师范大学出版社，2010：264.

第二节 《蝎子之屋》: 马特的成长之旅

《蝎子之家》是美国小说家南希·法默的国家图书奖和最佳青少年文学奖获奖作品,是一部关于克隆人在充满敌意的世界里探求生存和自我价值的故事。小说探讨了克隆技术给人类带来的道德与伦理困惑,肉体与灵魂冲突以及生命的意义。小说主人公马特是位于阿兹特兰(现称墨西哥)和美国之间的鸦片王国统治者阿尔·帕特隆的克隆人。作为一名克隆人,马特随时要为阿尔·帕特隆提供移植器官,以延长其寿命,这也就注定了他悲惨的命运。后来在身边朋友的帮助下,马特正视他人的鄙视,学会了如何珍爱自己,并逐渐尝试改变自己的命运。

小说自 2002 年出版以来,其关于友谊、生存、希望和爱情的传奇励志故事便得到了评论界和读者的一致好评。《蝎子之家》具备了现代经典小说的所有条件,它既震撼又激烈,为读者展望了一个完全不为人知的未来世界。虽然小说带有科幻色彩,但它却切中现实社会的诸多要害,提出了什么是人,什么是生命的价值,什么是社会的责任等问题。以科幻小说的载体形式,《蝎子之家》寓言般地揭露了极权主义和滥用技术的罪恶。南希·法默通过描写主人公马特在荒诞世界中的成长,表达了善良终将胜利,希望坚不可摧的信念。

一、反乌托邦未来世界

反乌托邦是乌托邦(utopia)的反义语,希腊语字面意思是"不好的地方"(not-good place),它是一种不得人心、令人恐惧的假想社群或社会,是与理想社会相反的,一种极端恶劣的社会最终形态。反乌托邦社会形态出现在许多小说作品中,尤其是以未来为背景的故事里,通常反映极权政府、环境灾难或其他与社会灾难相关的问题。2002 年《蝎子之家》问世时,很多人认为它是最适合青少年读者阅读的反乌托邦小说之一。徜徉在南希·法默精心想象的反乌托邦世界里,读者可以强烈地感受到极权主义和科技滥用带来的压迫、不公和反人道。

　　小说一开始展现的情节是一位克隆技术科学家在鸦片集团胁迫下战战兢兢地处理三十六个克隆生命干细胞。他面前的每个小玻璃盘子里都蕴藏着一个小生命。细胞长得很好。但很快，它们中的一多半一个接一个地死了。当只剩下十五个存活细胞时，这位科学家立即感到胃部一阵痉挛，如果克隆失败了，他就会被送去农场，他的安娜（Anna）和孩子们怎么办？他的年迈的父亲怎么办？随着这些冷冻长达百年的生命干细胞种进一群母牛体内，这位科学家又开始忧虑起来："或许母牛们真的十分痛恨对它们所做的一切，因为它们的确拒绝了那些胚胎。一个接一个的胚胎，在还没有鱼苗大的时候，就死了。除了这一个。"[①]这位科学家的焦虑是可想而知的，因为如果这最后一个克隆胚胎死了，他的工作就会被剥夺，他会被送到劳役农场，那么他的妻子、孩子和他的父亲就会被赶到尘土飞扬的炙热马路上，这也就意味着一旦克隆技术失败，科学家和家人将失去所有，甚至是性命。

　　然而，即使克隆成功，克隆人的命运也是极其可悲的。克隆人一出生就不受法律保护，，难逃大脑被损伤的命运，被定性为会伤人的"动物"。他们被囚禁在阿拉克兰家族庄园的地牢里，克隆人穿着又脏又破的医院睡衣，被捆绑着。"最可怕的是从它那被捆绑着的身体里发出来的可怕的能量，……就好像一条看不见的蛇在它的皮肤下面扭动着，迫使它的手脚不停地挣扎。"[②]

　　除克隆人外，小说还展现了大量由芯片控制的"呆瓜"的悲惨命运。"呆瓜"是鸦片王国中受剥削的又一阶层。他们是脑袋里植入芯片的人，有些人是非法移民，还有些是冒犯权威的受害者。他们忍受饥渴、病痛和折磨，被迫从事艰辛繁重的体力劳动，像采摘水果、扫地、收鸦片等等。"呆瓜"是鸦片王国最廉价的劳动力。受植入大脑的芯片控制，"呆瓜"看起来是人，却既不觉得冷，也不觉得热，不觉得渴，也不觉得寂寞，因为植入大脑中的电子芯片消除了这些感觉。"呆瓜"从不休息，直到工头命令他们停下来。除非有人告诉他们，否则不会在要渴死之前主动去喝水。"呆瓜"工作条件之艰

---

① 南希·法默.蝎子之家[M].刘乔,译.海口:南方出版社,2016:5.
② 南希·法默.蝎子之家[M].刘乔,译.海口:南方出版社,2016:140.

苦是一言难尽的,他们是鸦片王国赚取血汗钱的极端受害者。他们是灵魂被摧毁的肉体机器,是人权被现代技术剥夺的奴隶。奴隶们无休止地满足鸦片王国管理者的奢侈需求和暴利需要,克隆人还要为他们苟延残喘提供移植供体。在阿尔·帕特隆家族及其同伙统治的鸦片王国里,对克隆人的支配达到了不寒而栗的程度。克隆人不仅要随时为几个糟老头子延续寿命提供所需器官,而且死后会被犁进泥土里做肥料。

小说刻意描述了在恶劣生存环境下思想奴役化管理的场景以凸显小说反乌托邦色彩。

小说第二部分,在阿尔·帕特隆保镖塔姆·林(Tam Lin)的帮助下,马特逃往阿兹特兰。在逃亡路上,马特被农场巡逻队抓住。农场巡逻队把他送到了一家孤儿院,和一群孤儿关在一起。这些孤儿被称为"迷失的男孩",由经营农场的"守护者"看管。"守护者"强迫孤儿做各种体力活。"守护者"既虚伪又残暴。他们用所谓的"良好公民五项原则"和"坚守正念的四种态度"来控制孩子们的思想。在他们的宣传中,在新的阿兹特兰,一切都平等分享,从而名正言顺地榨取孩子们的劳动成果。孤儿院实行法西斯化的监管,小说对孤儿院的描述不禁让人想起纳粹的集中营。孤儿院有警戒栅栏,有刺眼的聚光灯和电击枪,还有对"迷失的男孩"的任意严厉惩罚。看护者随意找碴,毒打孤儿。一天,这样的厄运降临到孤儿墩墩(Ton-Ton)的身上:"看守乔治(Jorge)来回踱步,他似乎在决定鞭打墩墩的哪个部位。男孩的手脚颤抖得厉害,……马特简直不敢相信眼前发生的事情。这太残忍了,太不得要领了。"[①]小说刻意营造出的恐怖、邪恶和死亡的气氛使得马特的成长之旅必然充满曲折和艰辛。

二、马特的成长

迪恩·施耐德(Dean Schneider)曾在《克隆人成为男人》(A Clone Becomes a Man,2005)一文中写道:"《蝎子之家》是一部多层次、复杂的小说,讲述了一个克隆人成为男人的故事。尽管这个故事有科幻小说的色彩,

---

① 南希·法默. 蝎子之家 [M]. 刘乔,译. 海口:南方出版社,2016:346.

但它是一个关于一个男孩努力寻找自己是谁的成长故事。"① 作为一个成长故事，马特的身份认知成为推动小说情节发展的叙事动力。身份认知的发展是马特成长的重要组成部分。在《蝎子之家》中，马特的身份认知经历了三个阶段，即迷茫阶段、寻找阶段和拯救阶段。

在玛利亚（María）到来之前，马特和阿尔·帕特隆家的厨师赛丽亚（Celia）生活在罂粟田一间秘密的小房子里。在 6 年的生活里，马特平日唯一能见到的人是赛丽亚，还有每月来一次的医生——一个无趣的男人。马特对自己的身份、自己是谁、自己的父母是谁、自己的未来是什么一无所知。赛丽亚很爱马特，常常深情地对他说："宝贝，我爱你超过世间一切。"② 但赛丽亚拒绝马特喊她"妈妈"。她告诉马特："你只是我的借物。"③ 马特对"借物"一词理解有点困难，更不理解为什么电视里的小孩子都有妈妈，而他却没有。"我是谁"这个问题一直困扰着马特。

后来马特被一群孩子发现。出于对外面世界的好奇，马特击碎窗玻璃跳出窗外，手脚和膝盖被玻璃碎片扎伤。流血不止的马特被孩子们带回家，当马特脚上的血迹被擦干，一行小字显现出来：属于阿拉克兰家族的财产。至此，马特的克隆人身份被发现，歧视、虐待也就接踵而来：

"看他啊，他就像个动物似的躺在这儿。"艾米丽在不远处说。马特吓了一跳，他忘记了那些孩子们的存在。

"他就是一只动物。"史蒂文沉默了会儿说。他们坐在通向房子的第一台阶上，玛利亚正在忙着捡从树上掉下来的橘子。

……

"马特是个克隆人。"史蒂文说。

艾米丽惊恐地说："他不可能！他不会——我见过克隆人。他们太可怕了！他们淌着口水，裤子脏得一塌糊涂。他们发出的声音和动物一样。"

① Dean Schneider. A Clone Becomes a Man[J]. Book Links, 2005: 23.

② 南希·法默. 蝎子之家 [M]. 刘乔, 译. 海口: 南方出版社, 2016: 8..

③ 南希·法默. 蝎子之家 [M]. 刘乔, 译. 海口: 南方出版社, 2016: 15.

"本内托跟我说过，技术人员在克隆人出生时就会把它们的心智除掉了——这是法律。但是这一个不一样，阿尔·帕特隆想让它成长得像其他真正的男孩一样。他太富有了，他可以随心所欲地违反法律。"

"真恶心！克隆人不是人。"艾米丽喊道。[①]

马特不明白人们为什么要称呼他为一只"小畜生"，为什么艾米丽告诉玛利亚他是一只"坏动物"，也不明白他脚上写的字意味着什么，他搞不懂为什么他是阿尔·帕特隆的克隆人，克隆人这个词是什么意思。或许克隆这个词意味着阿尔·帕特隆把他借给赛丽亚，哪天需要时再把他要回去，马特零至六岁都在迷茫中度过。

小说第二部分围绕七至十一岁的马特在阿拉克兰家族庄园的生活展开，也就是从这里马特开始了身份认知的第二阶段——自我寻找阶段。当马特意识到克隆人的命运注定将成为别人的器官捐献者，然后被视为无用的"东西"丢弃时，马特内心充满了恐惧和悲伤："表面看来，马特的生活正以一种愉快的节奏进行着。……但马特的内心还是感到空虚。他明白自己只不过是一张人类的照片，这就意味着他并不是真的那么重要。"[②]悲伤过后，马特对不公正的待遇感到愤怒不已："为什么他应该和别人不同，就因为他是个克隆人？"[③]一想到这些，愤怒就涌遍了马特全身。当马特从赛丽亚那得知他和其他克隆人不一样，是唯一一个在出生时心智没有被除掉的克隆人时，马特心中充满了自豪。在亲眼见证了阿拉克兰家族所犯下的罪恶行径后，马特甚至认为如果他不是人类，他没准会变得更好。

芮渝萍教授在《美国成长小说研究》一书中提出，几乎所有成长小说的主人公在求索的道路上都会遇到他们的引路人。引路人对主人公的成长有积极或消极的影响。引路人积极的影响通常包含以下特征：首先，他们对青少年人一视同仁，能够以平等的身份与比自己年幼的人相处。其次，他们乐

① 南希·法默. 蝎子之家 [M]. 刘乔，译. 海口：南方出版社，2016：32.
② 南希·法默. 蝎子之家 [M]. 刘乔，译. 海口：南方出版社，2016：99.
③ 南希·法默. 蝎子之家 [M]. 刘乔，译. 海口：南方出版社，2016：127.

于助人、充满同情心。再次，他们具有不同寻常的社会地位或个性，导致他们与主流社会保持一定距离，也使他们乐于跟年轻人交朋友。最后，与受他们帮助的年轻人一样，他们中许多人也属于社会边缘人物，还没有被主流社会同化。①小说中赛丽亚、塔姆林和玛利亚母女都对马特的成长起了积极的引路人作用，帮助马特认识周围的世界，引导马特接受现实和社会的历练，并给他指出探索奋斗的方向。

对马特影响最大的人应该是地位低下，心地善良的赛丽亚。她不仅是马特生活中的保姆，也是马特成长路上的守护神。在马特被抛弃在牢狱时，是赛丽亚设法救出了他。在马特出逃和马特返回鸦片王国解救其他奴隶时，赛丽亚运用高超的智慧帮助马特获得胜利。赛丽亚和毒枭阿尔·帕特隆都是墨西哥人，而且是从同一个贫困村子出走求生的。所以她深知阿尔·帕特隆发迹的全过程。当阿尔·帕特隆提出需要马特提供移植的器官时，赛丽亚坦诚地告诉这个恶魔："当你第一次心脏病发作时，我就用我花园里的毛地黄给马特下了毒。……我让马特的心脏变得虚弱，从而不能进行移植手术。"②赛丽亚是个非常正直的人，她不能容忍邪恶。

其次就是保镖塔姆林。他对马特的成长起了积极的引导作用。作为一名来自苏格兰的前恐怖分子，塔姆林属于社会的边缘人。在苏格兰执行任务时，因为误杀了几个孩子，他感到很内疚。虽然有着危险的外表，但塔姆林是一个富有同情心的人，乐于帮助别人。他对马特一视同仁，平等对待，时刻保护马特的安全。他帮助马特了解毒品行业的罪恶以及生命的价值，并告诉马特："没有人能够分辨出克隆人和人类的区别。……克隆人是低等人的说法是一个肮脏的谎言。"③塔姆林甚至称马特为朋友，并对他有更多的期待。他欣赏马特的勇气和忠诚。他让马特自己去探索大自然的奥秘。在塔姆林的帮助下，马特成功地逃离了鸦片王国，走上了自我救赎的道路，并最终成功地接管了鸦片王国。

① 芮渝萍.美国成长小说研究 [M].北京：中国社会科学出版社，1999：126.

② 南希·法默.蝎子之家 [M].刘乔，译.海口：南方出版社，2016：273.

③ 南希·法默.蝎子之家 [M].刘乔，译.海口：南方出版社，2016：294.

最后是玛利亚母女,马特的精神导师和密友。玛利亚的母亲埃斯帕兰莎(Esperanza)修女的专著最早向马特揭露了鸦片王国充满血泪和恐怖的历史。在马特决定回归庄园去解救大批奴隶时,又是她向马特提供了国际法律咨询,以确保马特拥有掌控鸦片王国财产的所有权。马特回归鸦片王国具有重大意义:"这种财产所有权,不仅是对自我的,而且是对他人的,它保证了马特在自我主权方面的自由,这也是读者自始至终所希望得到的结局。"[1]

在这些成长道路上的引路人的积极引导下,马特意识到不能向命运低头,只有抗争才能获得救赎。后来阿尔·帕特隆还没来得及移植到马特的心脏就死了。这也就意味着马特没有任何利用价值了。面对即将来临的死亡,马特心有不甘:"他应该活着!他还没有享受完这个偶然赋予他的生活,如果他必须死,他会斗争到最后一刻。"[2]在这种信念的支撑下,马特最终逃过死亡的魔掌并获得新生。

小说最后埃斯帕兰莎要马特保证,一旦得到了鸦片王国的所有权,就会摧毁它,从而消除这道阻碍阿兹特兰和美国之间的屏障,马特欣然接受了她的请求。在那一刻,在经历了所有的磨难之后,马特完全明白了这件事的整个含义。摧毁鸦片王国不仅仅关乎全世界范围内的毒品问题,也关乎非法移民成为奴隶的问题,这一行动和所有的生命都息息相关。

结束语

当被问及作家希望读者从她的书中获得什么启示时,南希·法默曾说:"我创作的首要目标是娱乐。其次,我想让小说给读者带着这样的感受:他们可以坚强,他们可以做一些事情,而且他们一定不能屈服。"[3]通过描写马特在反乌托邦世界中的成长之旅,南希·法默不仅寓言式地揭露了极权主义和科技滥用的罪恶,而且成功地塑造了马特不畏强权勇敢抗争的形象。科学技术应当适应和造福人类,而不是人类受制于科学技术。"夜已经深了,马特坐

---

① Naarah Sawers. Capitalism's New Handmaiden : the Biotechnical World Negotiated Through Children's Fiction [J]. Children's Literature in Education,2009:174.

② 南希·法默. 蝎子之家 [M]. 刘乔,译. 海口:南方出版社,2016:280.

③ Jennifer M. Brown. Voices of experience[J]. Publishers weekly,2002:155.

在火堆旁,好闻的豆树烟气盘旋着升上了繁星闪烁的天空。明天他将开始捣毁鸦片帝国的任务了。这是个艰巨的任务,但是他并不孤单。他有查丘、菲德里托和墩墩为他加油鼓劲。"[①]在所有人的帮助下,象征着黑暗罪恶势力的鸦片帝国终将被摧毁。小说这一大快人心的结局向读者传递出这样的信念:团结就是力量,正义必胜,希望永不可摧毁。

第三节 《追梦的孩子》:一颗种子的故事

《追梦的孩子》(*The Dreamer*,2010)是美国著名青少年文学家帕姆·穆尼奥兹·瑞恩(Pam Muñoz Ryan)根据1971年诺贝尔文学奖获得者智利诗人巴勃罗·聂鲁达(Pablo Neruda,1904—1973)的童年经历创作的人物传记小说。小说一经出版,其富有诗韵的文字与极具艺术表现力的想象受到好评。小说荣获美国图书馆协会设立的普拉·贝尔普利奖和波士顿环球报号角图书奖等多个国际奖项。帕姆·穆尼奥兹·瑞恩从小就喜欢阅读和写作,她希望通过文学作品,将自己对世界的不同感受传递给孩子们。帕姆·穆尼奥兹·瑞恩拥有一半墨西哥血统,其创作风格深受拉美文化的影响,拉丁美洲著名的民族诗人聂鲁达的艺术感染力和人格魅力给了她创作的灵感。通过小说《追梦的孩子》,一个有关少年聂鲁达成长的故事,帕姆·穆尼奥兹·瑞恩希望读者能在天马行空的想象中,在虚实相生的独特叙述中,感悟到人生的真谛,永远坚守自己内心深处的梦想,树立目标,不断奋进。

一、"传主"选择的定位

与其他类型小说不同,人物传记小说的故事来源于历史现实,讲述的大

[①] 南希·法默.蝎子之家 [M] 刘乔,译.海口:南方出版社,2016:320.

多是历史名人成长奋斗的经历，以及他们为人类做出的重大贡献。在传记小说作品中，作者对于"传主"（传记主人公）的选择定位往往与作者本人的情感诉求、审美意识、价值判断、主旨表达等息息相关。小说《追梦的孩子》中的"传主"是 20 世纪重要的文学诗人，1971 年诺贝尔文学奖获得者巴勃罗·聂鲁达。巴勃罗·聂鲁达原名为里卡多·埃列塞尔·内夫塔利·雷耶斯·巴索阿尔托（Ricardo Eliécer Neftalí Reyes Basoalto），出生于智利中南部的帕拉尔城，早年生活在特木科小镇。聂鲁达从小酷爱读书，10 岁开始写诗，13 岁便发表诗作，但他的文学创作遭到父亲的坚决反对。父亲认为文学创作是愚蠢的白日梦，在他看来，只有商人或医生才有前途，于是聂鲁达决定用笔名发表作品，这个笔名就是巴勃罗·聂鲁达。聂鲁达的诗歌既继承了西班牙民族诗歌的传统，又受到法国现代派诗歌的影响，同时还从沃尔特·惠特曼（Walt Whitman）的创作中找到了自己最欣赏的形式。读聂鲁达的诗歌，你能感受到生命的热情和天马行空的想象力。他的诗歌既富于生命的激情，又有着动人的哀愁，像广袤的大地和奔流的江河在密语，正如 1971 年诺贝尔授奖辞所描述的那样："他的诗篇具有自然力般的作用，复苏了一个大陆的命运和梦想。"[①]爱情、诗歌和革命是聂鲁达人生的三大主题。即便住宅被焚烧，本人遭到反动政府的通缉，聂鲁达终生都为捍卫公平正义，保卫世界和平而全力创作。共同的童年梦想，共同的文化熏陶，以及对公平正义的共同渴望，促使帕姆·穆尼奥兹·瑞恩以少年聂鲁达为传记主人公创作了小说《追梦的孩子》。

同时作为一名青少年文学作家，帕姆·穆尼奥兹·瑞恩十分清楚自己肩负的社会使命和责任。小说"传主"选择的定位遵循了三个"有助于"原则，即有助于培养孩子真、善、美的世界观，有助于孩子树立远大的志向，有助于孩子勇敢地面对挫折。

（一）真、善、美的世界观

真、善、美的世界是文学创作的理想，也是人类孜孜追求的目标。在创作

---

① 刘畅. 希梅内斯诗学观念下聂鲁达的诗歌研究 [J]，四川文理学院学报，2020(6)：28.

小说《追梦的孩子》时，作者在少年聂鲁达生活经历的事实基础上，通过艺术手段，细致入微地描绘了作品人物的真实情感以及时代的真实风貌，营造了小说的艺术真实。内夫塔利（Neftali）在听到父亲回家脚步声时的惶恐；在森林里呼吸大自然气息时的解脱；在书本世界中的陶醉；在白天鹅被猎人射杀时的悲伤以及创作手稿被父亲付之一炬时的愤怒，所有这些情感细腻真实地再现了少年聂鲁达走过诗歌殿堂的曲折之路。

以善为美同时也是青少年文学的基本导向。在《追梦的孩子》中，少年聂鲁达和舅舅奥兰多对待马普切印第安人的态度展现了人性的善。马普切印第安人是美洲大陆各土著民族中人口最多的一支，其祖先在一万多年前就在美洲这块大陆上繁衍生息，他们是美洲大陆最早的居民。19世纪末，马普切印第安人被欧洲征服者所征服，领土被占领，从此，马普切印第安人遭受着各种种族歧视和土地被掠夺的厄运。他们遭受的歧视却被社会漠视。政府不保护他们，反而偏袒开发商压榨和迫害他们。马普切印第安人急需社会舆论的呼吁。小说《追梦的孩子》用了不少篇幅重点叙述了少年聂鲁达和舅舅奥兰多（Orlando）如何千方百计地冒着各种危险用新闻报道唤起人们关注马普切印第安人的悲惨境地，大声疾呼社会大众伸出援助的手。少年聂鲁达和舅舅奥兰多的善举在那个时代难能可贵，展现出人性善良的一面。

求真向善的人必然具备崇高的内在美。因为体弱多病，少年聂鲁达常常卧病在床，但对大自然的酷爱驱使他恳求只有四岁的小妹妹替他观察窗外的世界，把她看到的新奇妙事描述给他，一条流浪狗、一只被遗弃的鞋、窗外的一草一木都深深地记入脑海，外界的怜美正好与病中的失落相互映衬。少年聂鲁达把病房外的雨点声当作大自然馈赠的雨季钢琴曲，心中充满美感。这是诗的灵感的启蒙。后来父亲带他到大森林里和大海边去休假，他感受到自然山川的壮美，促使他义无反顾地突破家庭圈子，走向社会，为被迫害的马普切印第安人发声。虽然少年聂鲁达在父亲眼里是个病秧子，但他心中有河山，心中有人民，具备崇高的内在美。

（二）远大的志向

人们常说少年养志。如何养志？读名人传记是非常好的方法。一个人能否成就一番伟业，不仅需要聪明智慧，还需要从小树立远大志向。纵观古今中外的圣人、名人、伟人，都是如此。《追梦的孩子》一开卷就展示出少年聂鲁达志向非凡：他还没有上学，就开始接受继母的家庭教育，并喜欢一些特定的词的韵律，如火车头、巧克力、蜥蜴等等。他反复琢磨的第一个单词是：火车头。他会把这些感兴趣的词写在纸片上，把纸片对折起来珍藏在抽屉里。日积月累，抽屉里装满了对折起来的正方形小纸片。少年聂鲁达常常在脑海里排列组合这些纸片上的词，它们一个接一个地编排着调整自己的位置，最后排成了各种稀奇古怪的形状，浮现在内夫塔利的心头上。这些小纸片上的词承载着少年聂鲁达诗歌的梦想，他要用这些单词把感受到的一切付诸文字。虽然他的志向与父亲的期待相反，但他始终坚持自己的梦想。父亲期望他当商人或学医，聂鲁达没有接受。上大学前聂鲁达参与舅舅的新闻报道工作，投身救助马普切印第安人的事业，并逐步坚定了成为诗人的远大志向。

（三）勇敢面对挫折

榜样的力量是无穷的。孩子在成长的过程中，势必会遇到各种各样的困难和挫折。这时，处于叛逆期且缺乏与父母沟通的青少年，如果能有一个正面向上的形象去引导，对孩子的人生都有重要意义。例如黑夜的星光，激流中的磐石，峰巅上的劲松，它们都可以在名人传记中随时触及。少年聂鲁达几乎就是在南太平洋的风浪中磨炼出来的世纪诗人的雏形，是全世界青少年的一座励志小灯塔。

由于父亲的固执，少年聂鲁达爱好学习、善于观察与思考的美德不但得不到支持，反而一直受到父亲的压制，甚至是无情的打击。他最早听到父亲对他的评价是："你和你的母亲一样，喜欢在纸上乱涂乱画，心里总是在另一个世界。"聂鲁达心存的"另一个世界"是他渴望的文学世界。但要在未独立生活之前坚持自己的理想，对一个少年而言是何等的艰难。聂鲁达的哥哥很有音乐天赋，喜欢唱歌，由于父亲强烈反对，最后还是妥协了。可聂鲁达从不言弃。他一直寻找读书的机会，哪怕在海滩被迫进行身体训练，他也能找到神秘的图书室，尽情读书。后来父亲烧毁他的笔记本，虽然损失巨大，但由于前期文学积累很深，少年聂鲁达凭借自己的毅力和坚持，战胜了这一切困难，最后成为一名伟大的诗人。

二、虚实相生的独特表达

传记创作有着悠久的历史，"早期的、传统的论述更倾向于突出传记的真实性,强调传记的历史属性,而当代批评家们则刻意凸显传记的虚构性,力图把传记拽向文学一边"①。随着时代的发展,现当代的传记创作过多地关注了文学性而逐渐淡化其历史性,契合了当代文学创作的倾向和特点。事实上,传记小说同时具有传记的纪实特点和小说的虚构特点,是文学性与史实性、真实与虚构相结合的"混血"体裁,读者在传记小说中能看到历史的真实,也能感受到想象带来的新奇。

在《追梦的孩子》中,少年聂鲁达的父亲何塞（Jose）是个很鲜活的人物。他是一个工头。有着现代产业工人的特点:能吃苦耐劳,梦想干大事。但他在生产资料上几乎一无所有。一天不干活,就会使全家人挨饿。生活的艰辛和社会现实促使父亲不愿少年聂鲁达重蹈覆辙。父亲经常对聂鲁达说:"我不会让你跟我一样。这么多年了,我仍然是一个贫穷的工人。不停地从一个城镇奔波到另一个城镇,就是为了找活干……"②父亲对聂鲁达的严厉绝不是出于父亲的无知与残暴,而是现实生活告诉他要保住现有的饭碗很不容易。因此父亲希望儿子能进入中产阶级,从事商人或医生行业,这样才能过上稍微体面的生活。少年聂鲁达理解父亲的良苦用心,从未对父亲的恶言恶语产生对抗或仇恨,他甚至仰慕父亲在工人中威风凛凛的身影。

但父亲毕竟是卑微的。当舅舅特意当着客人的面宣布少年聂鲁达处女作马上见报时,父亲不敢流露自己真正的喜悦,反而态度极其冷淡,眯着眼,用严厉又奇怪的表情盯着少年聂鲁达。宾客中出现一片溢美之词,夸奖少年聂鲁达很有天赋。而父亲却低调地回答:"这只是个爱好。无聊的玩乐之举。"③

父亲为什么面对儿子的杰出表现高兴不起来?是单纯的父子情感问题吗?答案显然不是。后来父亲不得不严肃地告诉儿子他内心的真实想法:他们面临的是整个社会,是一群工人的生计,也是他们家的生存问题。父亲说:

---

① 霍舒缓.历史真实与文字想象——科伦·麦凯恩的传记小说《舞者》研究 [J].宁夏大学学报（人文社会科学版）,2021(3):90.

② 帕姆·穆尼奥兹·瑞恩 著,彼得·西斯 绘.追梦的孩子 [M].于海子,译.昆明:云南出版集团晨光出版社,2021:24.

③ 帕姆·穆尼奥兹·瑞恩 著,彼得·西斯 绘.追梦的孩子 [M].于海子,译.昆明:云南出版集团晨光出版社,2021:214.

"大家鼓掌,仅仅是出于礼貌。你知道他们真正在想什么吗?他们想的是,你对我们这个家而言就是耻辱。想象一下,当一个店主把你这篇文章拿给我看时,我是多么羞耻!他说只要我们全家还一门心思地扑在这件事上,他就不会再来我们家了。"①这就是残酷的现实。没有这些真实,传记小说就失去了存在的基本价值。

然而父亲毕竟有温情的一面。父亲带领一家人去原始森林,去南太平洋的大海边,叙述细节充满想象。有一天,当内夫塔利沉迷于森林之美,四处游荡,目猎奇观时,突然看到一只偌大的长角甲虫。他生怕父亲该吹口哨催大家离开森林上火车回家,但父亲亲切地和他共同观赏这个怪物。父亲告诉他这是一只双叉犀金龟。金龟很强壮,甚至能搬动它体重八百倍的木桩。随后内夫塔利还爬上金龟坚硬的后背,骑着它穿行在森林中。森林里到处都是儿子和父亲的欢声笑语,小说虚实并举地展现了父亲既严厉又慈爱的形象。就小说叙事层面而言,历史真实和文学想象有机地结合在一起,体现了传记小说虚实相生的特点。诗意唯美的笔调,将少年聂鲁达的故事进行了高度文学化的处理。小说叙事不急不缓,娓娓道来,打破了读者以往对传统传记作品严肃无趣的刻板印象。

三、追梦的孩子:成长的诗意

聂鲁达出生于智利中部的帕拉尔,成长于南部的特木科。原始的大森林、湿润的气候、智利的疆土、民族的根基孕育了他对自然万物深深的眷恋之情,情感的养分滋润着他的诗歌灵感。正如小说的前言中所写的那样:"一个孩子的创造力在年少时最易被发掘,因那时他们的感知力最强,想象力没有边界,那从生命深处奔涌而出的诗意便与这个让他充满无限幻想的世界碰撞在一起。"②小说的第一章就突出内夫塔利是个整天爱做"白日梦"的孩子。白

---

① 帕姆·穆尼奥兹·瑞恩 著,彼得·西斯 绘. 追梦的孩子 [M]. 于海子,译. 昆明:云南出版集团晨光出版社,2021:240.

② 帕姆·穆尼奥兹·瑞恩 著,彼得·西斯 绘. 追梦的孩子 [M]. 于海子,译. 昆明:云南出版集团晨光出版社,2021:前言.

日梦其实就是诗歌之梦。这个从小说话有点结巴的男孩,在他想象的诗歌世界里却是得心应手。他在书本里找到了自己的朋友。除了书本以外,引导他走进诗歌梦想世界的人是他的舅舅奥兰多。

舅舅奥兰多聪明自信,简直和母亲长得一模一样。他们有同样宽阔的面庞和深邃的目光。内夫塔利8岁时就坐在舅舅腿上学习识字。后来当舅舅写作时,他就模仿舅舅的一举一动写单词。慢慢地,不知不觉中,少年聂鲁达就跟着舅舅的脚步踏入了诗歌的殿堂。

舅舅让内夫塔利懂得诗歌不仅仅是抒发情感的手段也是战斗的武器。坐在舅舅大腿上的内夫塔利曾经问舅舅的纸稿上马普切人是什么。舅舅告诉他马普切人是阿劳卡尼亚的原住民,是我们的邻居。于是内夫塔利立即抄下这个词,这是影响他整个少年成长的词,也是影响他一生的词,奠定了他后来全部诗歌的基调。有一次,父亲邀请大批宾客来家,除了工友代表外还有不少店主和开发商。舅舅是聚会的主角。他像诗人一样激情满怀,向在场的人宣告:"马普切人已经在那片区域生活了几百年,为什么要让他们离开自己的家园呢?"[1]内夫塔利很羡慕舅舅眼睛里的那一份坚定,也羡慕舅舅能毫无障碍地大声地表达自己认定的事情。舅舅的话就是没有韵律的宣言诗,他说:"我们来到他们的土地上,为什么反倒要求他们和我们想到一样?他们为什么要放弃祖祖辈辈所知道的一切?"[2]内夫塔利自童年起就一直拿舅舅作为榜样,关爱他人,关爱弱小者,关爱大自然,他并非是胡思乱想的只做"白日梦"的人,他的思想境界只有舅舅能够理解。

影响内夫塔利成长的另一个因素是大自然的怀抱。舅舅曾对父亲说:"有一些不切实际的遐想是无伤大雅的。也许是他需要做一些户外运动,以及来一趟震撼的森林旅行。在森林里他可以全身心地去关注真实的世界——美

① 帕姆·穆尼奥兹·瑞恩 著,彼得·西斯 绘. 追梦的孩子 [M]. 于海子,译. 昆明:云南出版集团晨光出版社,2021:114.

② 帕姆·穆尼奥兹·瑞恩 著,彼得·西斯 绘. 追梦的孩子 [M]. 于海子,译. 昆明:云南出版集团晨光出版社,2021:115.

③ 帕姆·穆尼奥兹·瑞恩 著,彼得·西斯 绘. 追梦的孩子 [M]. 于海子,译. 昆明:云南出版集团晨光出版社,2021:55.

丽的风景和生活在那里的人。"③ 内夫塔利从小就对森林充满好奇。森林旅行是他多年的愿望。后来愿望终于实现了。他跟随父亲和一群铁路工人来到原始森林。他踏入了这个满是针叶林的世界。也是一个没有天空的世界。他不禁用木棍在地上写出他见到的一切：窜鸟、假山毛榉、藤蔓、卢玛番樱桃、草地、喇叭藤、马普切人和狮子。后来又见到另一只甲壳虫，活像一颗宝石。森林赋予他灵感：

> 我是诗，
> 徘徊在蔚蓝之上，
> 引诱着我的猎物，
> 鱼儿，贝壳，还有蓝天。
> 从眼下最深处，我遍寻着
> 你那颗不设防的心。
> 看
> 看向我。①

更深刻、更富有诗意的户外活动是在南太平洋海滩。此时舅舅正在筹办一个展览会，通过售卖工艺品赞助马普切印第安人。内夫塔利一家人沿途欣赏阿劳卡尼亚山脉的美丽风景，有原野，有火山，有西班牙堡垒的废墟，有兰基勒科的峭壁断岩。后来他们换坐轮船。在轮船上，内夫塔利见到一群马普切人聚集在甲板上。这是他第一次近距离地接触心中牵挂的印第安人。他瞥见一个印第安小孩。他俩互相点头致意，进而亲切问候。虽然语言不同，他们便双方一起双掌合十，然后慢慢地逐渐张开，模仿越来越宽阔的海洋，进行着心灵的交流。大自然的灵感和舅舅榜样的力量让少年聂鲁达在挫折中不断成长，他就像一颗种子，诗歌的梦想已经萌芽，他将继续吸收阳光和雨露，直至长成一棵参天大树。

---

① 帕姆·穆尼奥兹·瑞恩 著,彼得·西斯 绘. 追梦的孩子 [M]. 于海子,译. 昆明：云南出版集团晨光出版社，2021:106.

结束语

　　《追梦的孩子》是一本充满诗意的小说，它真实而具活力，人物形象丰满，内容深富哲理。小说赋予读者想象的翅膀，阅读后不尽让人掩卷细思。每个人的童年都有自己的记忆，有自己的珍藏。聂鲁达的童年不可能代替任何人的记忆和珍藏，但他的经历和成长的诗意是全人类共享的宝贵精神财富。

第三章 21世纪美国青少年小说人物
形象与人物塑造

　　青少年时期是生理发育的黄金时期,也是人物性格形成的最佳可塑阶段。所有的父母,无论贫富贵贱,都对自己的儿女给予深深的爱。家庭也是重要的性格工厂,对生活环境的认真思考是培养美德的重要条件。有利于良好性格塑造的途径一般有四种,一是习惯,二是机会,三是榜样,四是标准。如果让青少年大量接触优秀的适合他们的文学作品,让其中的人物形象和人物塑造激发青少年对最佳性格的向往,对其性格的形成会有良好作用。

　　文学作品的人物形象是基于作家艺术加工的时代宠儿。不管是现代主义或是后现代主义,人物塑造都要具有审美基础。尤其是青少年小说,每一个主人公都应该是终生难忘的参照榜样。他们的心灵底线是道德素养,而他们的神采外貌则是千姿百态。成功的作品永远不会呈现雷同的人物形象,但可以比较归纳。从爱的视角观察,在 21 世纪美国青少年小说中代表性人物形象普遍是社会中的弱小群体,具有可怜性;他们珍惜血缘联系,具有可亲性;他们也能拼搏到底,具有可敬性。

　　第一种代表形象:可怜可爱的现代"灰姑娘"——科丽。

　　在典型的"灰姑娘"概念中,美丽动人的少女被突然降临的贫穷、疾病、或其他灾难夺取至亲而陷于绝境,最后经过自身奋斗和外援恩惠而改变命运。这样的少女奇缘在当今号称"天堂"的美国社会似乎并不多见。美国女作家格洛丽亚·惠兰（Gloria Whelan）的小说《无家可归的小鸟》（*Homeless Bird*，2000）取材于印度，女主人公科丽（Koly）纯朴、勤劳、果敢、聪慧而命运多舛，令人不由产生"怜美"之爱。而作家在塑造这个人物形象时，主要抓住两个核心情节的走向以激发读者内心的波澜：一是她的第一任丈夫患有不治之病，二是她从娘家学会刺绣技艺。前者使她多次陷于绝境，被狠心的婆婆抛弃在陌生的远方。但她凭借自身的真诚、热情和勤勉、聪颖，不断成长为惊艳一方的艺术天才，最后得以享受爱情与生活的双重幸福。她的故事远比经典《灰姑娘》更富诗意，人物也更富心灵之美。

第二种代表形象：可亲可爱的"被遗弃少年"——格雷丝三姐弟。

遗弃婴幼儿是美国难以遏制的社会现象。每一个被遗弃的婴幼儿都事关复杂的人权问题。对幼小生命的呵护就是最大人权，而恰恰这个难题要由众多早恋的少女来承担。在美国，人们无法改变一直流行的爱情观与婚姻观，但可以通过青少年文学对典型人物的塑造，从宣扬亲情大爱出发，激发读者关注遗弃婴幼儿成长中对亲情的渴求和对他们亲生父母中弱势一方的同情。美国作家罗宾·本韦（Robin Benway）的小说《无法别离》（*Far from the Tree*, 2017）就成功地塑造了三个被父母遗弃的少年格雷丝、马娅和华金的可爱形象。他们各自经历不同，但都从开始对亲生父母的怨恨转变为主动寻找和理解父母。小说的感人之处是正面描述亲情之爱的三股热流：一是大姐格雷丝从自己早恋早育中体谅到早已失联的亲生母亲的无奈，主动寻找另外两个同胞妹妹马娅和弟弟华金；二是两个一直失联的弟弟和妹妹对内在亲情的渴望；三是三个收养家庭的养父母对这三个弃儿的无私抚育和真情关爱，最后一点也体现了人性的光辉。

第三种代表形象：可敬可爱的"精神病患者"——卡登及其群体。

作家尼尔·舒斯特曼（Neal Shusterman）的长篇小说《挑战者深渊》（*Challenger Deep*，2016）反映出两股强大的力量：雄厚的科研能力和坚实的国民素质。小说的主人公是一个患有精神分裂症的高中学生。他不仅个人前途因病而渺茫，也的家庭也陷入困境。但在家人、医护人员与朋友们的协助下，卡登（Caden）终于恢复了健康。故事主人公的原型人物，即作家的儿子，还给小说提供了多副插图画作。但小说中的情节完全虚幻化，主人公卡登坠入精神疾病的深渊，每天都被错乱的思想和现实所缠绕而无法自拔。于是小说就设置他天天跟随自己的幻象在大海上航行,并和各种幻境产生共鸣。全书描写细致入微,没有用猎奇的手法去展示陌生和吓人的场面,而是以全景的形式呈现出卡登的疾病特征:他的思维、语言和精神极度混乱,但却通过船长的带领,最终战胜各种惊险和魔怪,从虚妄走向真实的清醒。

总之,对弱势群体为代表的人物形象表达可怜、可亲,可敬成为 21 世纪美国青少年小说作家创作的基本态度。

第一节 《无家可归的小鸟》:现代灰姑娘的故事

美国当代著名女作家格洛丽亚·惠兰的小说《无家可归的小鸟》是 2000 年美国国家图书奖青少年获奖小说。故事讲述了贫穷少女科丽在男权社会中追求幸福生活的故事。印度女孩科丽十三岁时由父母做主嫁给了一个生病的男孩。从结婚那天起,她的厄运就开始了,因为婆家只是为了得到科丽的嫁妆给儿子治病,才娶她进门。后来科丽的丈夫不治身亡,恶婆婆拿走了科丽的寡妇抚恤金,虐待科丽,最后将她遗弃在"寡妇之城"。可怜的科丽流落街头,成了一只无家可归的小鸟。但科丽不甘向命运低头,通过努力离开了"寡妇之家",并和一位深爱她的小伙子结婚,最终过上了幸福美满的生活。小说以童话故事中的灰姑娘为原型,将幻想与现实主义融合在一起,塑造了一位在男权社会中追求独立,勇敢地反抗恶势力的现代灰姑娘形象。

自 2000 年出版以来,《无家可归的小鸟》得到了评论家和读者的一致好评,他们喜欢格洛丽亚·惠兰抒情的文笔、传神的画面和生动的故事,尤其是小说中女主人公科丽的人生经历。《学校图书馆学刊》(*School Library Journal*)(2000)曾评价该小说:"惠兰将细节和传统绣进了一部艺术化的现代小说,就像她女主人公的针线活一样,质感十足,天衣无缝。"[①]《出版

---

① School Library Journal. (2000,Dec. 12). Retrieved from http://www.slj.com/category/featured/

者周刊》（*Publishers Weekly*）（2000）也称"孩子们很可能会喜欢一个濒临困境的青春期戏剧性故事，并为科丽来之不易的胜利而欢呼"[①]。尽管有正面的评价，但对这部获奖小说中的一些叙述风格还是存在着一些争议和批评，其中最激烈的是小说"灰姑娘"故事原型所表现出的明显的善恶二元对立以及二元对立带来的后果。正如苏珊·路易斯·斯图尔特（Susan Louise Stewart）在《超越国界：儿童文学中的"他者"》（Reading "other" places in children's literature，2008）一文中指出的那样："我认为，二元对立对儿童文学造成了不利影响。这种二元论让读者对印度产生了不利的联想。……简而言之，我们在《无家可归的小鸟》中看到了一组不利的特征，这与一个不受欢迎的人（例如婆婆）有关，一组有利的特征，这与一个可爱的人物（科丽）有关。这种二元对立给小说人物带来了意识形态的包袱，展现令人烦恼的偏见。"[②]

本文作者认为，善恶二元论是一个普遍存在的主题，几乎存在于每一部文学作品中，它自身并无意导致社会偏见。在《无家可归的小鸟》中，格洛丽亚·惠兰通过以童话故事中的灰姑娘作为原型，将虚幻与现实主义融合在一起，成功地塑造了一位独立、勇敢、充满反抗精神的现代灰姑娘形象。该形象远远超越了童话原型单一刻板的模式，呈现出更加立体丰满的色彩。幸福快乐的童话结局并没有削弱小说的艺术感染力，反而更符合读者"好人有好报"的心理预期。

一、向经典致敬

读完格洛丽亚·惠兰的《无家可归的小鸟》，很多读者无疑会将小说人物形象和情节与经典童话故事《灰姑娘》联系起来。的确，小说《无家可归的小鸟》中的人物和情节要素都能在经典童话《灰姑娘》中找到原型。首先

---

① Publishers Weekly. (2000，Nov. 20). Retrieved from http://www.amazon.cn/Homeless-Bird-Whelan-Gloria/dp/0060284544.

② Stewart，S. L. Reading "other" places in children's literature [J]. Children's Literature in Education，2008：100.

是单纯、美丽可爱的女主人公科丽。像灰姑娘一样,科丽勤劳善良,充满爱心。科丽不仅能干各种家务活,而且特别能刺绣。她绣过四床意义非凡的被子,每床被子都绣入了意蕴深远的大爱之心。

科丽的第一床被子是给自己出嫁绣的。出于对娘家的思念,科丽将一切带不走的东西都绣在了被子上。穿着绿色莎丽的妈妈、骑着自行车去集市的爸爸、踢足球的哥哥和弟弟、院子中央罗望子树上茸茸的树叶、照射着院子里的太阳、天上翻滚的乌云、堆满郁金、肉桂皮、土茴香和芥末的集市摊位还有集市上的理发师、牙医、替人掏耳朵的男人,这些科丽生活中的点点滴滴,都被科丽灵巧的双手绣在了被面上。这床被子的绣面融入了科丽对生活的全部爱,包括家人、朋友、动物、植物和世间万物,展示了她那颗美丽的博爱之心。

科丽绣的第二床被面是为了死去的丈夫哈里(Hari)绣的。被面绣上了戴着新郎头饰的哈里和科丽在神父面前,还绣上了带他们去瓦腊纳西的火车以及在水中玩耍的哈里;最后绣上了送葬队伍,人们抬着上面铺满花环的尸体,被面的周围还绣上了带有飞虫和蝴蝶的花边。尽管正是因为嫁给了死者而葬送了青春,科丽还是以博爱之心深深地怀念死去的丈夫。

科丽绣的第三床被面是赠给小姑子桑德拉(Chandra)的。桑德拉漂亮、善良,虽然她的妈妈,也就是科丽的婆婆对科丽苛刻至极,但科丽还是充满爱心为桑德拉绣出堪称艺术品的被面。本来,丈夫死后,婆家成了禁锢科丽的牢笼,但科丽依然倾注爱心绣出和丈夫共患难时的记忆。"我绣上了我们的小房间,我们俩盘着腿坐在床上,咧着大嘴在笑。……我绣上了围坐在村里的电视机前看节目的人。我绣上了在克里须那诞辰的那天深入天空的五颜六色的焰火以及在胡里节满身披着红粉的我们。……我绣上了和朋友在院子里闲聊的婆婆和正在读泰戈尔诗集的公公。我甚至绣上了奶牛和害鼠……"[①]在绣面上,科丽刻意抛弃了在婆家的痛苦记忆,绣入的全是她和丈夫以及小姑子在一起时甜美的回忆。

科丽绣的第四床绣被则是属于自己的真正意义上的嫁妆。在绣面的中

---

① 格洛丽亚·惠兰. 无家可归的小鸟 [M]. 温晨红,译. 南京:译林出版社,2004:60.

央，她绣了一棵枝杈向四处生长的罗望子树，这棵树让她想起自家院中的那棵树，寄托着科丽对家人的思念。在绣被上，科丽把记忆中几乎所有的左邻右舍都绣了进去，有童年的伙伴玛拉，有勤劳的拉杰。在被子周围的边上，科丽还绣上了长满芦苇以及有着许多苍鹭的亚穆那河。绣被上温情秀美的画面表达了科丽对美好生活的向往。像灰姑娘一样，科丽善良单纯，始终坚守传统的道德理念，从听说要出嫁开始，就是以家人和夫家的利益为重，本能地自爱和爱人。

《无家可归的小鸟》里的恶婆婆不仅让人联想到童话《灰姑娘》里的后妈。像刁钻恶毒的后妈一样，科丽的婆婆把科丽当成仆人，虐待她，让她做琐碎的家务。婆婆还公然践踏科丽的幸福。婆婆一家迎娶科丽只是想用科丽的嫁妆为自己将死的儿子冲喜。儿子死后，婆婆又窃取科丽少得可怜的寡妇抚恤金，还要科丽交出自己最后的财物——一对银耳环，并索取科丽的莎丽给自己的女儿桑德拉。婆婆成天咒骂不止，强迫科丽从事繁重的家务。科丽尽她的能力做了能做的一切，天还没全亮，她就起床了。起早贪黑地操持家务，而婆婆并不满意，总是无休止地命令和责骂科丽："你不比住在我家房子下面的那些吃我们食物的害鼠好到哪里去。滚回到你那可怜的父母身边去。"[①]最为可恶的是，婆婆竟然以欺骗的手段将科丽带到人生地不熟的寡妇之城，将科丽彻底抛弃。

除了童话人物形象原型再现外，《无家可归的小鸟》的情节也遵循着童话《灰姑娘》的叙事模式，即主人公在爱情的道路上遭受挫折，历经磨难，最终获得幸福的婚姻。女主人公科丽出身清贫，犹如落难中的"灰姑娘"，13岁时为了给家里省下一份口粮，嫁给了身患绝症的哈里。她在婆家受尽了欺辱，但经历几番风雨磨难后，最终与心仪的青年男子拉杰（Raji）相知相遇。拉杰虽然来自农村，并不富有，但勤劳善良，不介意科丽是个寡妇，全身心地爱着科丽。拉杰成了科丽心中的"白马王子"，带着科丽脱离苦海，开启幸福的生活。

---

① 格洛丽亚·惠兰. 无家可归的小鸟 [M]. 温晨红，译. 南京：译林出版社，2004：42.

二、科丽：现代灰姑娘的故事

在传统的"灰姑娘"故事中，像灰姑娘这样的美丽女子必须耐心地承受自己的苦难，接受自己是生活环境受害者的事实。如果她们接受了自己的生活命运，那么，随着时间的推移，她们终将会得到回报，正如罗伊丝·泰森（Lois Tyson）所指出的那样："女权主义者早就意识到，父权制强加给年轻女孩想象中的灰姑娘角色是一个破坏性的角色，因为它把女性等同于屈服，鼓励女性容忍熟悉的虐待，耐心地等待男人的保护，并把婚姻视为'正确'行为的唯一理想报酬。"①与传统"灰姑娘"故事里那个屈服、容忍，等着"白马王子"来拯救的消极负面形象不同，《无家可归的小鸟》中的科丽代表的是一个独立、勇敢、富有同情心和勇于反抗的积极女性形象，她试图抓住一切机会与逆境抗争，决心将命运掌握在自己手里。

小说围绕女主人公科丽历经重重困难走向成熟的过程展开。在这一过程中，她从纯真的少女世界跌入悲惨的成人世界，为争取自由、独立和幸福而奋斗，因此女性成长是小说的主旋律。研究女性成长所面临的困境，有助于读者深刻理解小说的社会意义。小说中女性成长的困境主要来自父权思想的压迫和等级社会带来的偏见。

首先，小说中的女性受到了父权制的压迫。父权制意味着性别歧视，宣扬妇女天生不如男人的信念。男性优于女性的信念被用来证明和维持男性对经济、政治和社会权力地位的垄断，换句话说，父权制剥夺了女性获得经济、政治和社会权力的教育和职业手段，使她们无能为力。这也意味着女性在父权制社会中长期占据的劣势地位是文化上而非生物上产生的。

在《无家可归的小鸟》中，重男轻女的思想几乎渗透到生活的方方面面，并深深扎根于人们的心中。当科丽的哥哥弟弟得知父母正在为她找丈夫时，他们开始取笑科丽："科丽，你嫁人后，他叫你干什么你就得干什么。你可不能像现在这样坐着或胡思乱想。"②科丽的两个弟弟在村里的男校上学。虽

---

① Tyson，L. Critical theory today: A user-friendly guide. New York: Routledge，. 2006: 88.
② 格洛丽亚·惠兰. 无家可归的的小鸟 [M]. 温晨红，译. 南京：译林出版社，2004:2。

然有一所女子学校，但科丽没有去上学，因为她的妈妈说学校对女孩来说是一种浪费，买书和学费的钱最好是用来做嫁妆，找一个合适的丈夫对女孩子来说是最重要的。

此外，父权思想削弱了女性的自信心。大多数女性因为看不到女性受到的性别压迫，天然地顺从于男性主导的社会。科丽的小姑子桑德拉（Chandra）就是一个很好的例子。当科丽告诉桑德拉，她父亲要教她读书，并邀请桑德拉也去学习时，桑德拉摇摇头说："我没有必要学。我爸爸妈妈正替我找婆家呢！"①

小说中科丽成长所面临的第二个困境是等级社会带来的偏见。科丽出身于贫困家庭，她的父亲是个文员，处于等级社会的最底层。丧偶后，她的生活变得更加悲惨。她的婆婆总是恶狠狠地责备她，怪罪科丽的嫁妆没能救回她的儿子，而且还多了一张嘴要养活。婆婆永无休止的责骂让科丽撕心裂肺，非常痛苦，但她又不能回村，回到父母身边，因为寡妇无论在哪都是一种可怕的耻辱。

女性是父权制和等级制社会中最弱势的群体。格洛丽亚·惠兰通过生动地呈现父权社会和等级社会中女性成长的困境，突出了科丽勇于反抗的新灰姑娘形象。科丽不会让自己被社会所束缚，她拒绝被定义为无足轻重的他者。正如在《文学批评：理论与实践导论》中，查尔斯·E. 布雷斯勒（1999）断言的那样："这个重新创造的灰姑娘揭穿了关于女性的错误标准和观念以及她们在生活和文学中的形象，而这些都是由传统的灰姑娘和她的社会精心维护的。这位新灰姑娘说，女性不应该盲目地等待身边的英俊王子来拯救她们。女性不能像传统的灰姑娘一样成为依赖性的生物，盲目地接受父权制社会的戒律。与传统的灰姑娘不同，女性不能为自己的人生命运而哭泣，而是要积极参与创造和决定自己的生活和未来。"②

在小说中，科丽始终在寻求接受教育的机会，这也是女性在男权社会中

---

① 格洛丽亚·惠兰. 无家可归的小鸟 [M]. 温晨红，译. 南京：译林出版社，2004：45.

② Bressler, C. E. Literary criticism: An introduction to theory and practice[M]. New Jersey: Prentice-Hall, Inc., 1999:179.

独立的重要一步。她翻开哥哥的书页,即使哥哥吓唬她女孩子学会了读书,头发就会掉,眼睛就会坏,没有男人会看上她。她固执地不肯摘下银耳环交给婆婆保管,即使她知道如果我现在反抗她,"我们就会成为敌人,但我不在乎"①。当她知道婆婆偷偷地拿走她的抚恤金时,她勇敢地去官府主张自己获得抚恤金的权利。婆婆将她遗弃在陌生的城市后,她自己谋生,抵制恶的诱惑,以保持人的尊严。当一个朋友的偷窃行为被揭发后,科丽表达了自己的感受:"对于玛拉我很生气,她的这种偷窃行为令我感到恶心,⋯⋯ 她的美丽和聪明都被浪费了。她的遭遇就像一个精美的花瓶破碎了。"②

科丽与传统"灰姑娘"不同的人物形象,引起了当代读者的共鸣,使他们更加接受这个故事。科丽反映了他们的愿望和态度。科丽在逆境中成长的故事,为他们树立了积极向上的榜样。

同时相比传统"灰姑娘"故事情节相对格式化的叙事结构模式:母亲的死亡—生活的磨难—爱的波折—爱情大团圆,《无家可归的小鸟》更是融入了成长小说的要素,使得女主人公科丽的形象更加丰满,故事更加曲折动人。

科丽的成长之路经历了自我失落、自我寻找和自我救赎三个不同的阶段。科丽的包办婚姻意味着失去和随之而来的悲伤:失去心爱的家人,失去安全感,失去纯真。读者从她来到丈夫家的第一晚就能感受到她的失落和悲伤:

那晚我就睡了一会儿,回家的愿望和隔壁房间里哈里的咳嗽声使得我无法入睡。当我躺在那间陌生的房子里时,我感觉到我就像一只刚刚被关进笼子里的动物,到处乱撞,在寻找一扇根本不存在的门。我可以在新家忍受一天或两天,但连我自己都不敢想象,我怎么可能在这儿度过我的余生。③

婚后不久,丈夫哈里就去世了,科丽立刻成了寡妇。婆婆拿走了她的寡妇

① 格洛丽亚·惠兰 . 无家可归的小鸟 [M]. 温晨红,译 . 南京:译林出版社,2004:20.
② 格洛丽亚·惠兰 . 无家可归的小鸟 [M]. 温晨红,译 . 南京:译林出版社,2004:142.
③ 格洛丽亚·惠兰 . 无家可归的小鸟 [M]. 温晨红,译 . 南京:译林出版社,2004:15.

抚恤金,最后把她抛弃在"寡妇之城"。正是在寡妇之城,科丽寻找到了自我,走上了自我救赎之路。

格洛丽亚·惠兰从未去过印度。在一次采访中,她曾经解释过自己故事的由来:"我写了很多关于其他时间和其他地方的故事,当你做研究,开始写故事时,你会沉浸在那些地方,以至于你真的觉得自己就在那里。所以这是一种神奇的时间旅行方式,写下这些关于遥远的地方、其他国度或其他时间的故事。"[①]格洛丽亚·惠兰以出色的想象力和艺术创造力,利用童话的叙事模式和寓言的深刻寓意演绎了女性成长的主题。这里的寓言,是指《无家可归的小鸟》中"寡妇之城"让人们联想到《天路历程》(The Pilgrim's Progress,1684)中的"名利场",在这里,贪婪、欺凌、腐败、欺骗、偷窃等各种社会丑恶现象随处可见,人们需不断地与自身的弱点作斗争。

科丽的成长之旅成为生命旅程的延伸隐喻。在经历多次历险,在几位良友的帮助下,最后,科丽找到了自己的真爱和幸福,实现了自我救赎。"那只无家可归的小鸟儿终于飞到了自己的家。"[②]

结束语

通过对传统"灰姑娘"经典故事原型的传承和再创造,《无家可归的小鸟》为年轻读者呈现了一个善良、勤劳、独立、勇敢、顽强的现代"灰姑娘"形象,带有很强的励志色彩。科丽在不利的社会环境中从自我迷失、自我寻找到自我拯救的成长经历,是一个典型的女性成长的过程,从这个意义上说,《无家可归的小鸟》是一个有深度、有感召力、有教育意义的小说。

---

① Conversation. (2000，Nov. 23). Online NewsHour. Public Broadcasting Corporation. Retrieved from http://www.pbs.crg/ newshour /conversation/july-dec00/whelan_11-23.html.

② 格洛丽亚·惠兰 . 无家可归的小鸟 [M]. 温晨红,译 . 南京:译林出版社,2004:146.

第二节 《无法别离》中的细节描写与人物刻画

美国作家罗宾·本韦（Robin Benway）2017年入围美国国家图书奖的青少年获奖小说《无法别离》主要讲述了格雷丝、马娅和华金三位性格迥异的青少年如何认识家庭的意义，并为保护家庭、爱护家人、承担社会责任而努力成长的故事。热情奔放而又坦诚待人的格雷丝，一出生就被收养，在养父母的呵护下享受着独生女般的宠爱。后来格雷丝早恋早育，自己也成了一位母亲。这时她才真正体会到养母与生母的苦心和男女性别的差异，从而坚定地踏上寻根之路。格雷丝的大嘴妹妹马娅是位黑发女孩，在一个周围满是红头发的环境中长大。当得知自己还有同胞哥哥姐姐时，马娅的亲情油然而生，并很快在亲情中找到了自己存在的意义。格雷丝和马娅的哥哥华金不善言辞。他一度对亲情有点漠然，但当亲情像一团烈火温暖他那颗貌似冰冷的心时，华金敞开了胸怀拥抱亲人。

细节描写是文学作品中细腻地描绘人物性格、事件发展和自然景物的最小的组成单位。在一定意义上说，细节描写是小说要素不可或缺的重要一环，可以推动故事情节的发展，塑造鲜活灵动的人物形象，同时通过细节描写还能升华小说主题。小说细节描写类型丰富，可以是对环境、人物、肖像、自然风貌、行为方式等外在世界的展现，也可以是对人的情感、思想、意志、性格、意识等内在世界的表现。小说中的人物概念一直在演变和发展中。在传统现实主义小说里，人物是"人"（people）；在现代主义小说中，人物是"人格"（personality）；而在后现代主义小说中，人物是"人影"（figure）。但不管小说创作风格如何演变，通过细节描写，小说往往能展现人物性格，让人物富有强烈的立体感，从而刻画出逼真的人，有血有肉的人，有思想有灵魂的人。

作为青少年小说，《无法别离》中的细节描写和人物刻画极为真切，是一部即充满泪水，也伴随欢声笑语的作品。书中三位主人公各有各自的苦衷，又自享异样的愉悦。他们的经历涉及了生活的方方面面，包括亲情、早恋早育、寄养问题等青少年小说常见的话题。小说中人物塑造丰满，细节描写生动，能让读者领略美国家庭的悲欢离合，以及多姿多彩的人生百态。

一、格雷丝的泪水和欢笑

小说开头通过对两双不同的"鞋子"的细节描写，揭示了格雷丝与男友马克斯（Max）对待早恋早育截然不同的态度，以及两人的不同个性。格雷丝，年仅十六岁的花季少女，在高中返校日来临之际，精心打扮，本打算和同学们一起轻歌曼舞，并用养父的高级相机与交往一年多的男友马克斯拍照留念。然而如此令人醉心向往的欢快时刻，却因肚子里女儿的降临，事与愿违。格雷丝在返校日的晚上没有穿上鲜艳的服装，没有喝上男友马克斯准备的酒，也没有和珍妮（Janie）一起跳舞，更没有拍出奔放的照片，而是进了圣凯瑟琳医院的产房，双脚蹬在产床的脚蹬上，生下了女儿。而那个让格雷丝意外怀孕的男友马克斯对待刚降生的新生命又是什么态度呢？这个谜题很快就在马克斯脚上的新鞋找到了答案。在格雷丝把婴儿送人领养重返课堂后，她看到相邻而坐的马克斯脚上正穿着一双新鞋，这让她十分震惊，因为这意味着，在她怀孕，生了女儿，然后返校之前的这段时间里，马克斯却像什么事都没发生一样，一如既往地潇洒购物，还买了一双新鞋。而事实是，"在这世界的某个角落，另一对夫妇在抚养着马克斯的亲生孩子，而他却买了双新鞋子"①。

在这里，"鞋子"作为一个生活细节被赋予了特别的含意。格雷丝脚上的鞋从代表女性魅力的高跟鞋变成了产妇专用镫鞋，这一转变预示着格雷丝身份的转变。从高跟鞋变成产妇专用镫鞋的巨大反差一方面给读者带来心灵的触动，另一方面也不免为少女格雷丝的未来揪心不已，毕竟未婚先孕是一件不光彩的事情。

作为一名16岁的少女，格雷丝显然没有做好当未婚妈妈的心理准备，也没有足够的经济能力抚养女儿小桃子（Peach），因为她自己还是个孩子。但天然的母性让格雷丝对女儿充满了爱，她想让女儿拥有世界上最好的一切。

---

① 罗宾·本韦. 无恙别离 [M]. 陈雅婷，译. 南京：江苏凤凰文艺出版社，2019：83.

在为小桃子挑选收养家庭时,格雷斯拒绝了一个家庭,因为那户人家蹒跚学步的孩子看起来会咬人,还有一个家庭因为从未去过科罗拉多州东部也被格雷斯拒绝了。在格雷斯心中,女儿理应得到比自己更好的待遇,她应该得到更多,她应该当之无愧地拥有世界各地最好的东西,仅仅因为她是小桃子。尽管格雷丝很爱女儿,但骨肉分离的悲惨命运是像格雷丝这样的大多数未婚妈妈无法逃避的结局。格雷丝不记得是怎样把女儿交给了丹尼尔(Daniel)和卡特琳娜(Catalina)的。前一刻,女儿还在她的怀里,下一秒,女儿就和陌生人一起走了。车子载着女儿远去。格雷丝永远失去了女儿。格雷丝在痛苦中久久不能自拔:"她将自己锁在卧室里,在悲痛中沉浮。她手里攥着小桃子的一条接生毯,埋在其中哀声哭泣。……悲伤由内而外,将她重重击垮。"① 从无忧无虑的少女到因骨肉分离而痛苦不堪的未婚妈妈,格雷丝的人生也从此戏剧性地改变了。

而格雷丝的男友马克斯却对女儿的出生表现得毫无责任心。小说通过描述马克斯口含棉花糖、与人尽情跳舞等细节展现了他的虚伪和自私。当格雷丝在课堂上听课时,多次看到马克斯的朋友们向她做出嘲弄的举动,而马克斯却无动于衷,口含棉花糖,支支吾吾。格雷斯不禁心生悔意。

格雷丝终于清醒了,认清了马克斯光鲜漂亮的外表下浪荡、自私、虚伪的嘴脸。觉醒后的格雷丝开始了反击。当马克斯的狐朋狗友亚当(Adam)在课堂模仿婴儿出生时的哭声,不甘侮辱的格雷丝纵身越过课桌,猛揍了他一顿:"格雷丝不知道先动的是身体还是手臂,但下一秒她就像体育课上跨过跨栏那样飞过桌子,伸出拳头结结实实揍到亚当脸上。……自小桃子出生之后,她就再没像这样肾上腺素飙升过了,感觉很好,她揍亚当第三拳的时候甚至笑了。"② 这里跃身而起、挥动拳头、飞过课桌、猛地向后倒地等一系列的动作细节描写,把格雷丝刚烈的性格淋漓尽致地表现出来。

同时"笑声"这一细节是点睛之笔。"笑声"预示着未婚生育后的格雷丝重新鼓起的勇气。受尽屈辱的格雷丝,在忍无可忍的情形之下,终于把爆

---

① 罗宾·本韦. 无法别离 [M]. 陈雅婷,译. 南京:江苏凤凰文艺出版社,2019:8.
② 罗宾·本韦. 无法别离 [M]. 陈雅婷,译. 南京:江苏凤凰文艺出版社,2019:85.

发的情绪发泄在顽劣的亚当身上,她以力弱气衰的孤独一身,战胜了全班的嘲讽恶意。她的笑是骄傲的笑,是胜利的笑,也是反击性别歧视的笑。

二、马娅的多重身份

在小说中,马娅集多重身份为一体。她既是富足家庭的幸运儿、妈妈秘密的守护者,也是家庭矛盾的调停者。小说对马娅多重身份的设定,让人物刻画富有层次。

在美国进行家庭收养非常规范而便捷。有大量的律师可以办理收养手续,也有大量的社会工作者进行社会协助工作。加上现代化的电子通信手段,任何保护隐私的收养途径都可以及时获得。马娅家的文件柜就成了破解三兄妹收养秘密的关键。格雷丝养父母无奈地告诉她,他们在 10 年前寄给她亲生母亲的信件早就被退回了,因此无法获知她亲生父母的信息。而华金一直没有同意由现在寄养家庭的父母收养,所以自己也无法正式得到出生文书和亲生父母的新信息。幸好马娅提供了文件柜的新线索。马娅早在 10 岁时就发现了那个文件柜。文件柜里有信封等其他珍贵资料。小小年纪的马娅是如何保守住文件柜的秘密如此长久的呢?这就涉及她养父母的家庭背景和马娅的个性特点了。

小说通过第三人称叙事视角,详细地描述了马娅的家庭环境。当格雷丝和她的养父母第一次被邀请到马娅家做客时,一踏上台阶,他们就对马娅家富丽堂皇的房子赞叹不已。房内地上铺着大理石,地面闪闪发光,散发着富丽堂皇的气息。房子有一个双螺旋楼梯,一直延伸到二楼的平台,沿着楼梯,可以看到一堵巨大的照片墙,上面有马娅和妹妹的照片。照片显示其他人是红头发,唯独马娅的头发是黑色的。墙上还挂着许多名画。楼上是马娅的房间。房子与其他房间不同,看起来五彩缤纷,令人眼花缭乱。一面墙是深蓝色的,另一面墙是淡黄色的,还有一面墙是白色的。墙上到处张贴着海报,大部分是乐队,还粘有几十张宝丽来相机用的亮蓝色胶带。餐厅则更加豪华,天花板很高,高得很容易让人听到周围的回响。能清晰地听到用餐时叉子刮着盘子的声音,这声音听起来像有人一遍又一遍地从唱机上拨动唱针。马娅生活环境的细节描述,明显地表明她被一个富足之家收养,她是个幸运儿。

可惜富足并不等同幸福。马娅的养父母虽然对待外人文质彬彬,但平日里却整天争吵。他们从马娅记事起就争吵，现在她十五岁了，争吵越来越激烈。每次一开始争吵，大喊大叫随之而来。养母总是指控养父有婚外情，而养父则用摔门声来回应。小说通过描述马娅和妹妹劳伦对养父母吵架时发出的尖锐噪音的感受这一细节，渲染了姐妹二人面对养父母争吵时的无助："在马娅的记忆里，父母总是在吵架。当她和妹妹劳伦（Lauren）小的时候，他们吵架时会关上门，接着第二天吃早饭的时候会听见低声咕哝……。年复一年，咕哝的音量不断变强，渐渐变成咆哮，最后演变成尖叫。"①

马娅的养母除了大吵大闹外，因无聊烦闷借酒浇愁，染上了酒瘾。养母酗酒的秘密是马娅偶然发现的。一天，马娅因为要在历史课表演而偶尔到储藏室去寻找服装，突然发现储藏室藏着很多酒瓶，其中包括劣质的红色仙芬黛葡萄酒。她非常纳闷，妈妈既然藏酒，为什么不买名酒呢。素有大嘴巴之称的马娅，本能地感到必须保守妈妈的这个秘密。养父母是在等待十年之久，急盼有个小孩的时候从医院收养了一岁多的马娅。不料三个月后，养母生下了小妹妹劳伦。两姊妹只是头发颜色不同，亲密如同血亲。现在养父母争吵激烈，妹妹非常担心他们会离婚。养父后来出走外居，马娅和妹妹是否和父亲一起搬出去，还是留下来守着妈妈，成了难题。后来养母酒后昏倒，头部出血，被送进医院抢救。在戒酒疗养中心，养母快要痊愈出院前夕，马娅去看望她。养母非常感动，因为马娅为养母保守了酗酒的秘密。但马娅为保守这个秘密，忍受了极大的痛苦。有一次当着已经分居的养父养母的面，马娅几乎要脱口而出这个秘密，但她忍住了，赤脚跑到门外，在草地上独自一人缓解心中的焦虑。所幸后来养父母和好如初。作为养女，马娅尽到了家庭忠实守护者和矛盾调和者的职责。

15岁的马娅本应无忧无虑地享受花季年华带来的一切美好，却在小小的年纪背负生活带来的压力和重担。如何认识家庭的意义、如何保护家庭、爱护家人、承担社会责任已成为她成长路上不得不面临的考验。小说通过外在环境细节和人物感知细节的描述，成功地展现了马娅成长的蹉跎之路。

---

① 罗宾·本韦. 无法别离 [M]. 陈雅婷，译. 南京：江苏凤凰文艺出版社，2019：13.

结束语

小说的成功秘诀就是细节描述与人物刻画的高度融合，换言之，就是要使人物生动，使他们能够从纸上跃然而起，使我们能够听到他们的声音，看到他们的面部表情和动作体态特征，嗅到他们的气息，攫住人物最突出的精细部分。同时，任何小说都要有创新，人物不能千篇一律，而是通过细节在真实的基础上凸显人物的个性。在《无法别离》中，细节描绘栩栩如生，我们一想到格雷丝前男友的"新鞋"，就能联想到他那玩世不恭的无耻嘴脸；一想到格雷丝在猛搂亚当后发出的笑声，就能联想到她那敢爱敢恨的性格。马娅一直能为文件箱和妈妈在储藏室的酒瓶保密，最终为三兄妹和自己的家庭带来欢乐。这些细节，使小说中的人物具体、生动、可感、可爱，深深地打动着读者。由此，可以这样说，小说的艺术归根到底是细节描写的艺术。

第三节　《挑战者深渊》：幻景世界众生相

长篇小说《挑战者深渊》是《纽约时报》畅销书作家尼尔·舒斯特曼发自内心的力作。小说讲述15岁高中生卡登与精神疾病斗争的故事。小说情节基于作者儿子布伦丹（Brendan）与精神疾病抗争的亲身经历，构思巧妙。作品富有深刻的思考性和启迪性，把精神病患者战胜病魔，走出疾病困扰的过程生动地描绘为挑战海洋黑暗深渊的精彩旅程。这个海洋黑暗深渊也特指众所周知的太平洋马旦亚纳海沟的最深处，这里深约11 000米，如同外星般荒凉和寂静，头顶的海水，足以令人感受与世隔绝的冰冷与孤独。小说里精神病患向痛苦极限进行挑战的经历和感受是真实细腻的，而远航下潜深渊则是异想天开的幻梦神游。由于小说的细节描写逼真而又贴切，由此产生的梦幻般的象征世界征服了无数青少年读者。

尼尔·舒斯特曼是一位颇负盛名的美国作家和剧作家，累计出版小说30余部，荣获各类文学奖项数十次。而《挑战者深渊》则是他和儿子布伦丹倾力合作的结晶。他儿子战胜病魔的励志经历不仅是小说的可贵素材，而且布伦丹还为本书提供了大量的以复杂线条为特色的精妙绘图,更能将读者引入从精神病患者痛苦煎熬的黑暗深渊浮向光明世界的治愈之旅,进而遐想联翩,回味无穷。

毋庸置疑,精神病患者的主要特征是思维混乱和行为古怪。于是作者用地球表面的最深处隐喻主人公精神分裂的偏执与黑暗,小说的文字故意回避主人公治疗精神分裂症这条主线,而定调于以向大自然进军为前提的、去大海黑暗深渊探险的故事,因而其晦涩的情节铺展相对地提升了小说的阅读难度。但作者重视对特定情节恰如其分的细节处理,始终能够让读者走出千丝万缕的缠绕思绪而捕捉到奔向蓝天的旭光。本节将就小说中象征世界人物形象的细节描写进行探讨。

一、象征世界中卡登的虚实形象

象征思维无论对于人们的普通思维还是文学思维而言都处于极其关键的环节。德国哲学家恩斯特·卡西尔(Ernst Cassirer)在其巨著《符号形式的哲学》中指出,人是"象征(即符号的)动物",他认为象征的根本特征是间接性。象征形式虽然直接诉诸知觉,却代表着深藏其后的意义。人的象征行为包括语言交际,神话思维和科学认识等,"所有这些文化形式都是象征形式"①。加拿大文学批评家诺斯洛普·弗莱(Northrop Frye)认为在神话层面,象征是可以与原型交换的单位,而"原型是联合的群体(clusters),它与符号之不同在于复杂的可变性。在这种复合体中常常有大量特殊的、靠学习而得的联想,它们是可交流的,因为在特定的文化中的好些人都很熟悉它们。当我们谈及日常生活中的象征系统时,我们通常想到的是这类习而得之的文化原型……"②在小说《挑战者深渊》里,作者用主人公卡登与船上众人一起在黑暗深渊中的"航海"比喻精神病患者与病魔斗争,最终走出疾病困扰

---

① 恩斯特·卡西尔. 符号形式的哲学 [M]. 赵海萍,译. 长春:吉林出版集团股份有限公司,2018:279.

② 诺斯洛普·弗莱著. 批判的解剖 [M].陈慧,袁宪军,吴伟仁,译,天津:百花文艺出版社,1998:104.

的抗争之旅。小说虚实两条线索交织：一条是虚幻的"航海"线；一条是现实的治病线。为了真实反映精神病患者时而清醒，时而恍惚的真实状态，小说文字也是在现实与虚幻之间来回穿梭，这给阅读理解小说带来不小的难度。因此，寻找小说主要人物和事件原型以及与其对应的象征线索有助于理解小说转递的价值和意义。

（一）卡登的生活原型和他在象征世界中的"指南针"形象

一开始出现在读者视野的卡登，就呈现出三种自述性身份。首先是一名思维缜密，懂得"两个不相容真理要用全球眼光来看"[①]的青少年，接着他说，他有期中考试要考，有小论文要交，是在校的高中生。其次是他与家人幸福地生活在一起，但神经紧张，夜不能寐，是个痛苦的失眠患者，而最为惊人的举动是他竟然告诉家人说学校有人要伤害他，结果经过细查并无此事。最后则是有一名船长在等待他入船，成为一名新船员，而实际情形是父母把卡登送入"海景纪念医院"的精神科进行治疗，而波洛医生就是船长，卡登以及医院的精神病病友都是这条挑战"深渊"大船上的船员。小说里，精神疾患的痛苦令现实中的卡登犹如坠入黑暗深渊，也同时将他送上虚幻世界中的大船，朝着"挑战者深渊"进发。在卡登的"航海"之旅中，"白色塑料厨房"（医院）、船长（波洛医生）、鹦鹉、女巫、稻草人和怪兽等等幻象迭出，虚实交替。

从第一个身份看，这个有才华的中学生，应该得到爱护；从第二个身份看，这个温暖之家存在难言之隐，不言而喻地要维护他们的隐私；从第三点看，卡登的一切难题将由未来的船长引导处理。而后来他和船长及其船员的交往便成为小说幻境描述的主体。前二者属于能指的原型范畴，最后才是属于所指的象征世界。于是小说的基本思路自然明示读者：在能指叙事的情节发展中，主人公强烈要求维护尊严以及隐私；在所指的象征性世界中，他的尊严和隐私不仅得到保护，而且主人公还是各方力量所尊重和维护的核心对象。

全书体现出一真一虚和一贬一褒的基调。小说没有刻意描述卡登等精神病患者怪异的行为、可怕的举止，而是通过描写患者内心的紧张、焦虑来展现

---

① 尼尔·舒斯特曼.挑战者深渊[M].董海雅,译.北京:中信出版集团,2021年:1.

他们所饱受的精神痛苦和煎熬。这种痛苦如同不可言喻的黑暗、绝望的黑暗："有时，无尽的黑暗毫无绚丽而言，……一团张牙舞爪、像饿死鬼一样的沥青把你往下拽。你被淹没，却又没有淹死。……它夺走了你的希望，甚至连对希望的记忆也夺走了。"①作者弱化精神病患者的怪异行为是为了凸显他们勇敢地与黑暗拼搏并最终战胜黑暗深渊的可敬可爱形象。于是，一切痛苦的经历和感受都寄托在挑战深渊的崇高目的之中，虽然小说在航船幻境之外也同时交错叙述了主人公卡登特定的治病、学习和生活的情境，但众人齐心协力向深渊航行的挑战壮举是小说自始至终的主体部分。

同时，小说设定主人公卡登在远航船上具有举足轻重的主导地位。一开始卡登就被船长认定，他的工作是当"稳定器"，而别人只是"压舱物"。后来领航员让他用绘画表达他的感受，并对卡登说："我的地图给我们指明了路线，可你的洞察力却为我们指明了方向。你就是指南针。"②在领航员（实则卡登的病友）眼里，卡登是"最正派"的，也是"很有才气"的，他的才华"让整条船上的人都羡慕"③。大家都知道，相对于其他身体上的疾病，对精神病的治疗，除了药物之外，最重要的就是心理的干预，包括各种方式的鼓励、安慰和正面评价。这些鼓励、安慰和正面评价可以温暖患者的心，也能给予他们走出病痛黑暗的勇气。船长对卡登的器重以及病友给他的高度评价都是卡登最终战胜病魔的动力。卡登指南针形象的设定成为全书情节展开的源点，也是各种人物关系交错形成的解密要素。没有这个核心，全书的细节描述将无法进一步洞悉。

（二）医院原型和象征世界中的远航船

小说中虽然没有直言卡登是个典型的精神分裂症患者，但也有足够的描述隐射他就是被关注和被强行进行治疗的病人。小说第8章中卡登提出有个男生可能带刀威胁他，但经过分析，爸爸认定他和那个同学根本互不认识，也从无交集，完全是其自己的焦虑所产生的幻觉。但在小说第54章，卡登又极

---

① 尼尔·舒斯特曼. 挑战者深渊 [M]. 董海雅，译. 北京：中信出版集团，2021：134.
② 尼尔·舒斯特曼. 挑战者深渊 [M]. 董海雅，译. 北京：中信出版集团，2021：8.
③ 尼尔·舒斯特曼. 挑战者深渊 [M]. 董海雅，译. 北京：中信出版集团，2021：8.

其郑重其事地告诉爸爸又有一个男生要伤害他。当爸爸冷静分析情况后又一次告诉卡登是他的过分焦虑，卡登却说："我感觉这两个人好像不是我的爸爸妈妈，他们只是戴了我爸爸妈妈的面具。"① 到了第70章，随着卡登的妄想症恶性发展，爸爸不得不在卡登上街时尾随其后，以防意外。小说第72章描述了因为卡登病情的反复，一家人连续三天整夜没有睡觉。家里出现极其恐怖的场景："他俩都没上班，轮流照顾你。你想一个人待着，可又害怕一个人待着，又害怕他们不让你一个人待着。"② 几乎所有的精神分裂症患者都不会主动要求就医，被迫和强制手段是无可奈何的途径。卡登对此的反抗和厌恶也是整个小说熏染出的基本气氛，他多次怀疑最为关爱他的父母亲是不是和他存在血缘关系，因为父母把他送进了医院，那个恐怖的"白色塑料厨房"。

这些卡登真实世界的原型形象与象征世界里无名远航船幻游的描述形成鲜明的对比。作为反映精神分裂症患者战胜痛苦疾病的小说，《挑战者深渊》之所以需要象征的形式主要是为了冲淡原型描述中的悲伤和凄苦的情调，从而凸显悲壮甚至是壮烈和豪爽的气氛，充分彰显卡登的特殊形象。小说设置特殊的人物环境，向黑暗深渊挑战的象征形式就是最完美的特殊战斗者生存的新环境。

有的评论家认为，与人物塑造相关的另一个方面便是关于人物所处环境的描写，在小说世界中，"虚构世界的环境既是必需的，同时又具有一定的象征意义"③。把卡登所在的青少年精神科病房设置在海景纪念医院，而这个医院完全成了卡登与病友们同舟共济的远航船，船上的一切淡化了或者说几乎摆脱了病房的痕迹。船上只有甲板下的生活区和大批的船员，几乎没有病房和病友。还有瞭望台，有美丽的船头少女木雕，有船长和他养的神奇化的鹦鹉。对于某些原型的医疗过程的描述，则另有章节进行穿插，但从不提及医务室，而是"白色塑料厨房"，似乎要彻底切断医疗与远航的联系。读者遇到的只有情景的切换，思维的转移，而不是向深渊远航情节延续的混乱。这样，小

① 尼尔·舒斯特曼. 挑战者深渊 [M]. 董海雅，译. 北京：中信出版集团，2021：113.
② 尼尔·舒斯特曼. 挑战者深渊 [M]. 董海雅，译. 北京：中信出版集团，2021：147.
③ 申丹，王丽亚. 西方叙事学：经典与后经典 [M]. 北京：北京大学出版社，2010：64.

说就清晰地把征服挑战者深渊作为正面叙述的励志基调。其他都是线条式的情节交代。在此环境的烘托下,所有的肖像描述与心理描述或语言表达都富有诗意般的感染力。在原型叙述中的可怜病人,转换到象征性世界中,基本都成了可敬的向恶浪怪兽搏斗的战士,他们在绝望深渊中向黑暗搏斗的故事,变成了欢快上进的励志凯歌。

二、象征手法所揭示的心理性人物

象征手法在诗歌中运用得最多,而诗歌最惯用的语言是概括而含蓄的。在小说中要使象征形象逼真,必须高度重视细节描述的选择性。特别是将无生命的事物灵魂化,将真善美的道德理念人情化,将神奇想象物念化,将交错意念逻辑化,同时按照叙述者的身份配置恰当的心理底线。有些传统小说批评家坚持这样的看法:"作品中的人物是具有心理可靠性或心理实质的(逼真的)'人',而不是'功能'。"[①]这种观点承认人物的语言属性。可以说,《挑战者深渊》中大部分人物都是心理型人物。当然有些功能型人物只是起到承接故事情节发展的作用,对他们的描述相对简略,他们也可以被叫作"扁平人物"(指那些代表某些单一思想或特质的人物),例如,卡登的父母和他的妹妹,以及和他一起设计电脑游戏的男同学麦克斯(Max)和女同学谢尔比(Shelby)等,虽然他们对卡登的生活和治病都起过重要的作用,但他们都不在幻境中的无名号远航船上,形象相对不够丰满。即使是远航船船上的那些大批船员,例如,瞭望台只顾喝鸡尾酒的酒友们,以及主甲板下生活区的众多船员们,绝大多数也是"扁平人物"。我们要重点研究的是那些心理活动复杂的"圆形人物"(指具有多面性的或复杂性的人物)。重视对以人物内心活动来区分扁形人物和圆形人物进行论述,是美国评论家 E.M. 福斯特(E. M. Forster)的观点。他在《小说面面观》(Aspects of the Novel, 1956)中详细阐述了小说家如何运用叙述技巧使人物在外部方面具有真人特征(如,生、死、饮食、睡眠等)。

---

① 申丹,王丽亚. 西方叙事学:经典与后经典 [M]. 北京:北京大学出版社,2010:60-61.

在卡登幻游的无名号船上有三种值得高度关注的人物，他们按照与卡登关系的亲密度划分，可以分为远景、中景和近景三类值得仔细观察的对象。

（一）远景人物中出现敢于献身甚至"牺牲"的群体

精神分裂症患者中有一些人并不是真正智商或情商低下，相反他们智商很高而且想象力丰富。他们的行为怪异主要表现为理智与情感的不协调。在远航船上，有三个船员智商过人，但情商特异。

卡登最早接触到的是一个领航员。当时卡登只是常来海景纪念医院接受检查的"预备"船员，精神迷茫无助。领航员却要求卡登发挥绘画才能，要他把自己的感受用线条和色彩画出来。领航员说卡登的画能抓住人，还说卡登的洞察力为大家指明了方向，卡登就是指南针。接着，他还向卡登解释了许多疑难问题。但他一心痴迷工作，全心灌注于航海图，而不善于和其他人打交道。其实，故事的最后发展证实，拯救远航船的人正是这位领航员。他除了时刻在绘制和注视航海图外，他还在最危险的时刻为大家献出了宝贵的生命。小说没有单独展示他的内心活动，却用气氛描述，展示出他最后跳海，自愿给海怪充当祭品的英勇牺牲场面：

一阵剧烈的震痛差点儿把我从绳梯上震下来，我望下一瞧，原来是鲸鱼在猛撞右舷，快把船撞得变形了……此时，乌贼已经彻底出水，爬上了船头，几条腕足像黑色的藤蔓一样缠在前桅的下半截，船头被压得入水更深，船员们尖叫着四处逃命。……就在这时，领航员从甲板下面跑上来……他比以前憔悴多了。他苍白的皮肤随风剥落。层层剥落的皮肤，像一页页纸一样，……他脸上的决绝已经变成了听天由命的微笑。"你有你的目的地，我有我的。"……没等我够着他，他便自己投入风中。[①]

另一位牺牲者是和领航员同住的船员，名叫哈尔（Haar）。年纪比卡登稍大，大约 17 岁，留有淡淡的山羊胡。哈尔也是整天和地图打交道。他谈数学，

---

① 尼尔·舒斯特曼. 挑战者深渊 [M]. 董海雅，译. 北京：中信出版集团，2021：300-303.

谈欧几里得的完美数公式，还谈黄金分割。两人后来成为莫逆之交的难友。

哈尔的奇特人生和他的妈妈有关。哈尔的妈妈的外形极为耀眼，她看上去年轻得很，一点儿不像有个 17 岁孩子的女人。她每次来船上，都像是刚去做过头发似的。她在一群父母里不仅很显眼，而且很离群。好像裹在一层保护性的光晕里，就像穿了一件隐形的化学防护衣，很难让人接近。特别是她的长指甲，上面的指甲油涂得极其均匀细致，穿着打扮非常时髦。然而，在卡登眼里，这是一种令人作呕的美。后来哈尔的妈妈跟着她的未婚夫去了西雅图，丢下哈尔一人独自生活。孤独的哈尔企图用铅笔刀割腕自杀。哈尔想用自杀的行为，唤起亲友和全社会人对精神病患者的关注和关爱。

第三位富有牺牲精神的人是尽职尽责的船员卡莱尔（Carlyle）。在卡登眼里卡莱尔年龄要大些，跟船上那些长官的年龄相仿，但跟他们不是一类人。好像怎么规划时间，做什么，怎么做，他都能自己做主，他是船上唯一一个明白人。卡莱尔曾经患过分裂性情感障碍症。然而经过治疗治愈了。他有心理学硕士学位。他的理性和责任性无可挑剔。卡登舍身偷到船长的钥匙去解救在船头的少女时，是卡莱尔冒死提供了工具。当时狂风骤雨，卡莱尔差点掉入大海。后来却因为哈尔的自杀，卡莱尔成为事故的替罪羊，但他并无怨言。

（二）中景人物的指引力量

船长是卡登成长的指引者。船长在海上漂泊了一辈子。饱经风霜的脸上布满了皱纹。虽然乱蓬蓬的黑胡子已经把许多皱纹遮住了，但依然清晰可见。他还养了一只鹦鹉，几乎是他精明的助手。船长是卡登父母信任的监护人。船上的秘密对卡登基本没有保留。一开始他就告诉卡登：这艘船是大帆船，经历过百万次航行的风吹雨打，见证过非常黑暗的年代。它是船中极品，不会给你领错路。船长曾经两次故意打击卡登，不让卡登有意显示自己的才华，他命令卡莱尔残忍地在卡登的脑门上打上不及格的 F(fall) 的烙印，特意要卡登懂得如何沉着老练，并说："这是一个充满欢乐的世界，也是一个充满泪水的世界。"① 不久，船长正式安排卡登成为船上的"常驻艺术家"，也就是用图画记录他们的航程。意志磨炼是船长给予卡登的一种财富。

---

① 尼尔·舒斯特曼. 挑战者深渊 [M]. 董海雅，译. 北京：中信出版集团，2021：75。

有时船长对卡登的重视出乎卡登的意料。卡登有一天突然发现木帆船变成了铜帆船。原因只是卡登曾经说过木帆船无法完成远航任务。船长还特地告诉卡登说，经过慎重的考虑，已经按照卡登的提议进行了现代化改造。有时船长也固执己见。他否定了卡登的潜水钟设计，要求卡登认清设计错误。及时的鞭策是船长给予卡登永恒的精神支持。

后来，他们驶入了"风暴前锋"的危险区。船长警告卡登要敢于面对一切严峻的困难。在领航员失踪后，船长对卡登说，你"是我们使命的灵魂。如果你成功了……，这将是无上的荣耀。只有你一个人会潜到海底。我选中了你。只有你会进入挑战者深渊，发现那里的宝藏"①。经过多次与恶浪搏斗后，船上只剩下船长和卡登。船长称赞卡登是最后一个屹立在战场上的人。后来他们最终发现了稻草人。船长说，稻草人的下面，就是世界上最深的地方。船长认定卡登是最适合寻宝的人选，他自愧不如。神圣的使命感是船长给予卡登走向最后胜利的保证。

不管船长如何磨炼卡登，卡登都坚守对船长的信任，坚信船长的指引，终于被船长誉为英雄。

（三）近景人物中爱的力量

卡登是严重的精神疾病患者，他的心灵深处充满对弱者的关怀和同情。情商完美的海上女神和病院女友成为卡登远航经历中的近景人物。

卡登在无名远航船上的种种奇遇都是他的人格魅力的体现。他第一次化险为夷的经历就是他幸运遇见了船头的木雕少女。那一次，他奉船长之命爬上船头的高高的斜桅杆给一根长长的木杆上光。因为没有任何安全措施，一旦掉入海里势必会被卷入船底，被布满藤壶的船体撕成碎片。在他快要完成任务的时候，果然失手从斜桅上掉了下来。就在命悬一刻之际，可偏偏有人接住了他。当他仔细观察时发现，"那只抓紧我的手是棕色的，却不是皮肤的那种棕色。手是白蜡木的，手指粗糙而坚硬。我的目光顺着胳膊一路上移，最后才发现抓住我的，原来是这条船的船首雕像。——一个刻进船首的少女木雕，

---

① 尼尔·舒斯特曼. 挑战者深渊 [M]. 董海雅，译：北京，中信出版集团，2021：314.

就在斜桅的下方"①。这个木雕不仅美得动人,秀发起伏,驱干线条完美,脸庞宛如梦中美女,而且她竟然说话了:"我可以救你,只要你答应,把我背后发生的事儿统统告诉我。"②于是卡登暗自决定,和这个木雕少女结成同盟。换言之,他和她结成了爱心回流的同盟。

在卡登眼里,病友凯丝(Kathy)是个怪胎,好像是个一辈子都在拼图桌前打发时光的女孩。有一天,卡登服药后呕吐了,吐得拼图桌上到处都是。凯丝立刻本能地扑向卡登,幸好"粉衣面具"人及时赶来,卡登伤得不轻。离开的时候,凯丝还在号啕大哭。卡登也哭了。但凯丝是善良的。有一天,她把一块拼图塞到卡登手心里,说:"石蜡色的一小片天空。上面没有一点儿明显的记号,看不出到底属于天空的哪个部分。最难拼的一种。这片可以借给你。"③

这些偶然因素最后成就了卡登。在整个航行进入目的地后,卡登主动跃入深渊,探测宝藏,当他处于危急时刻,就是这片拼图挽救了他。当他一个人孤零零地待在黑暗深渊,当一万一千米深的海水即将压在他头上的时候,当漩涡之眼从四方八面收紧的时候,他突然从口袋里摸到那片蓝色拼图。他立即感受到:拼图的蓝色,与头顶十几千米远的那一小片天空的颜色完全一样。因为只差这一片,"天空就完整了……天空渴望完整,远比海蛇对我的渴望来得更强烈。……一件我有能力选择的事情就摆在眼前。……眼看着漩涡只有一米宽,马上要合拢了,……,紧紧握住这片拼图,攥拳使劲向上一抛,让遥远的天空得以完整。……突然,我的身体升了起来。……我头顶上那一圈蓝色的天空变得越来越大,我疾冲直上,进入天空的怀抱"④。凯丝的一个无意的爱心之举,成就了一场伟大的对深渊的挑战。

结束语

《挑战者深渊》是一部将精神分裂症患者向痛苦极限挑战的离奇经历,还原为人情变故、科学探讨和神话想象高度融合的科幻兼童话式的长篇小

---

① 尼尔·舒斯特曼.挑战者深渊 [M].董海雅,译.北京:中信出版集团,2021:67.
② 尼尔·舒斯特曼.挑战者深渊 [M].董海雅,译.北京:中信出版集团,2021:69.
③ 尼尔·舒斯特曼.挑战者深渊 [M].董海雅,译.北京:中信出版集团,2021:202.
④ 尼尔·舒斯特曼.挑战者深渊 [M].董海雅,译.北京:中信出版集团,2021:349-350.

说。它抒写人情世态，相互坦诚关怀，纵然鹦鹉对宝藏存有私心，但全体船员没有尔虞我诈和欺世盗名，而是倡导正义、进取、博爱、奉献。它融入科学探讨，细节叙述基于客观的资料，数据准确，分析清晰。地球上最深的海沟蕴藏无穷奥秘，时刻诱人神往。它的神话想象使中西方文明得到高度契合。卡登在生命的紧要关头抛出的手中蓝天拼图，让危及全船人生命的恶浪得以平息，使蓝天重新弥合，浑然一体，让世界重归常态，这一种象征形式的创意，简直是中国古代女娲补天的创世纪设想在21世纪的西方升华版，这些都是基于细节逼真的人物描写和刻画。细节描述是《挑战者深渊》文学生命力的源泉，而积极向上的进取励志精神则是该小说教育意义所在。

第四章 21世纪美国青少年小说的
文化内涵

21世纪的美国青少年小说的文化内涵是多元文化的大融合。美洲白人的新教徒形象仍是美国优秀选民的主体形象。在《我之所见，我之谎言》中的几个主要人物，就是20世纪美国人骄傲的写实。艾薇（Evie）的继父乔（Joe）和恋人彼得（Peter），自以为是战后欧洲人的救世主，尤其是对犹太人而言。换言之，二战是欧洲没落，美国崛起的转折点。"911"后的美国，从阿富汗战争的始末可以说明，美国实力相对下滑。在《追风筝的人》（*The Kite Runner*，2003）中，那个出身高贵、文化素养超强的主人公阿米尔（Amir），千方百计将心目中的恩人哈桑（Hassan）的儿子带到美国，却很难令这位同父异母的侄儿索拉博（Sohrab）满意，这也证明美国的吸引力在明显减退。多年来，我们常常听到千禧一代的抱怨或是关于他们的抱怨，他们是大衰退的产物。介于孩提与成人之间。他们的困境似乎是21世纪所特有的：工作漂泊不定，在各种技术冲击下手忙脚乱，恋爱、成家、立业一拖再拖。可见，美国大熔炉文化的不协调已经是必然的趋势。当然，百足之虫，死而不僵。美国文化的相对强盛，仍然可以通过青少年小说的蓬勃发展得到一定的反衬。21世纪美国青少年小说的文化内涵大体可以从四个方面理解。

一、新熔炉文化与主流文化的大解构

熔炉文化是指在美国流行的多元文化交流形式。在美国的主流意识掌控舆论的情况下，出现有意淡化肤色，种族和文化背景的文化抱团情结，同时小说作品一反过去基本以白人为主人公的叙事模式，出现了许多以亚裔、西班牙裔、非洲裔以及印第安人为主人公的作品。这种趋势的确难能可贵，少数裔青少年的生活成长经历已成为许多 21 世纪美国青少年小说的主要题材。这些题材丰富而且蕴藏着深层的含义，预示着主流意识的解构正在发生。小说《无法别离》就反映出了这种文化解构的积极意义。小说三位主人公马娅、格雷丝和华金都是西班牙裔少年，他们从小就被父母遗弃，被不同的家庭收养。马娅和密友克莱尔关系亲密，被人们误会是同性恋。其实她们只不过是互相吸引，相互帮助。最后还是马娅和密友克莱尔二人挽救了马娅几乎濒临破裂的养父母的感情，特别是及时救护了昏死在地的马娅养母。而大姐格雷丝由于自己受白人同学的诱惑而早恋早育。在经历校园霸凌后，格雷丝在残酷的现实中看清社会对未婚女性的歧视，幡然悔悟，重新投入正常的生活和学习，并不断寻找被遗忘的亲情，主动给养父母带来欢乐和幸福。少数裔青少年不向命运低头，自强不息的题材在 21 世纪美国青少年小说中的出现体现了多元文化意识对以白人为中心的美国主流文化意识的解构。

二、正视历史，超越二元对立思维

20 世纪 70 年代末兴起的新历史主义批评解构了历史和文学之间的两元对立，将文学看作历史的一个组成部分。对于新历史主义来说，文学文本和它产生的历史情境同样重要，因为文本（文学作品）和情境（产生它的历史条件）是相互构成的：它们相互创造，就像个人身份与社会之间的动态互动一样，文学文本塑造其历史情境，并被其历史情境所塑造。[①]历史不再是一种客观存在，而是一种"历史叙述"或"历史修撰"，原先一个大写的、单数

---

① Lois Tyson. Critical Theory Today: A User-Friendly Guide[M]. Routledge, 2006:291.

的"历史"被小写的、复数的"历史"取代。① 在新历史主义者看来,文学文本参与了历史的建构,通过文学文本的历史性阐释,作为一种"写作"的历史将不断激励后人对过去事件不断探索和思考,寻求历史给人们带来的时代意义。美国作家莎伦·M. 德雷珀(Sharon Mills Draper)2007 年科雷塔·斯科特·金图书奖(Coretta Scott King Award)获奖作品《古铜色太阳》(*Copper Sun*,2007)就是这样一部参与历史书写和历史建构的青少年小说。该书通过描述 15 岁黑人少女阿玛瑞(Amari)和 17 岁白人契约仆人波莉(Polly)等小人物的"小历史"重构了美洲黑奴贩卖和奴隶制的"大历史",揭露和谴责了残酷的黑奴贸易和卑鄙无耻的奴隶制,宣扬了对自由和尊严的渴望,引发青少年读者对生命意义以及种族问题的思考。同时小说也重点叙述了 17 岁白人契约女奴波莉·莎伦对阿玛瑞的情感变化。二人开始因肤色和地位的不同产生过尖锐矛盾。但在相互了解了对方的苦难(社会黑暗面)后,两人互助互爱,最终成为患难与共的密友,这也是该小说的一大亮点。小说这一情节的设置有利于打破美国长期存在的白人至上的单级思维,也有益于解构"非好即坏"的二元对立困局。作为曾经的黑奴后代,莎伦·德雷珀关注黑人的命运。在小说《古铜色太阳》中,莎伦·德雷珀通过自己的笔让更多的现代人,特别是青年人了解奴隶贸易、奴隶制、契约奴役以及 18 世纪逃亡奴隶的血泪史和黑人群体的抗争。历史是最好的教科书,回顾历史就是追寻自己文化身份的体现,也是塑造自己身份的必要手段。透过莎伦·德雷在《古铜色太阳》中的历史书写和历史重建,青年读者能更多地了解历史、反思历史,从历史的进程中总结出历史的智慧,感悟人与人、人与社会、人与自然和谐共处的真谛,加深对历史上以人为本、善待生命、关注人类命运的人文主义精神的理解,从而更好地理解现实和思考未来。

三、竞争意识主宰伦理亲情

美国伦理观念的核心是竞争,这一点在韩裔女作家安娜的小说《离天堂

---

① 盛宁. 二十世纪美国文论 [M]. 北京:北京大学出版社,1994:256.

一步之遥》中表现得极为突出。小说的核心思想是叙述亚文化融入美国主流社会的难度。小姑娘英珠来到美国之前乡土和亲情观念极为强烈。她怀念健在的奶奶和在天堂的爷爷。而爸爸妈妈在姑姑的蛊惑下痴迷于美国的天堂生活。结果到达美国后每个人失去的都很多。英珠首先没有在美国的天堂里看到爷爷，而奶奶去世时爸爸竟然没有钱买机票回国料理丧事而心怀愧疚。爸爸平日只能从事扫地和做园丁等低下工作，而且全家还要租房子住。爸爸设法进入教会接受洗脑，但却因信仰不诚而设法逃脱。最后又因为酗酒和殴打家人，爸爸被赶回韩国老家，但爸爸的民族文化情结极深，回国并非真正的憾事。后来英珠在妈妈的呵护下，学业有成，通过积蓄终于购得属于自己理想的大房子，用物质财富证明移民美国的成功，但她却把爸爸完全抛弃在了韩国。其实韩国才是爸爸的天堂，美国天堂梦对他来说只不过是虚幻的梦想。小说的意图并不是描述白人对有色人的歧视，而是显示外来移民自身伦理观念的异化。

四、新安全桎梏失去对弱者的保护

美国人民向往安居乐业的和谐文化，但"911"后出台的许多安全法规，反而使人们失去安全感。在美国凡事都与国家安全挂钩是无须解释的先入之举。现在国家安全大有无所不包之势。我们仍然大可一问：这个概念是否过于泛化。曾经在不太久远的过去，我们没有把所有决策领域归到"安全"名下。也不认为倡导和平和输入汽车零部件构成攸关生死的威胁。其实这种安全法规直接破坏的是普通人的利益。在《追风筝的人》中，索博拉就是因为苛刻的入境手续，而引发他对美国的失望。相反，美国国内的枪支文化对普通人的威胁越来越大。美国的安全法却对此束手无策。小说《知更鸟》就是受害者对安全失控的悲惨述说，因为美国的安全法是为强者和富人服务的。《知更鸟》没有直接控诉社会安全现象，而是描述弱势群体怎样在表面繁荣实则危机四伏的社区自我排除忧患，将生活继续下去的故事。患有自闭症的10岁小女孩凯特琳（Caitlin）的哥哥戴文（Devon）遭到校园枪击而死亡。凯特琳和父亲二人只能强压内心的悲痛，谢绝邻里的好心宽慰，把生活继续下去。但家人难以处理电视机的问题。他们既想多打开它以便得到枪杀案的处理信息，又对政府的不作为而倍感悲愤。爸爸是个干体力活的工人，因为交不起保险费,得不到救济金,现在生活面临困难,但父女二人仍然坚持完成以知更鸟为图标的童子军工具箱,了却哥哥的遗愿,以寄托对逝者戴文的哀思。

第一节　从文本看美国青少年亚文化特征

文学是折射文化的一面镜子。文学的强大生命力在于它能在通过艺术形式反映出一个国家和民族的特定文化的同时,也能构建和改变这个国家的文化。理查德·利汉(Richard Lehan)在分析文学与价值观念时曾说:"我认为美国的文化价值与文学之间有着不可分割的联系,从认识的最深层看,两者之间是相互加强和相互循环的关系。我们的民族形象在文学作品中得到反映,因此,在这个意义上,它与我们对目的与命运的看法是不可分割的。"[①]美国青少年亚文化作为与主流文化相对应的非主流的、局部的文化现象,反映了青少年所特有的思想观念和生活方式,它的直接作用影响着青少年生存的社会心理环境,其影响力渗透到青少年生活的方方面面。小说作为反映社会文化生活、表达思想的一种重要文学体裁,其文本中所包含的各种青少年亚文化符号,折射着特定历史时期青少年的文化心态。本节拟以几部不同历史时期反映美国青少年生活的小说作品为切入点,通过文本分析,探讨投射在这些文本中的美国青少年亚文化特征,进而从一个侧面构建出当代美国青少年的文化生活景观。

一、反叛性、颠覆性与批判性

处于从属地位的美国青少年亚文化对主流社会秩序往往采取一种颠覆

---

① 孙胜忠. 美国成长小说艺术与文化表达研究 [M]. 合肥:安徽人民出版社,2007:319.

的态度。反叛性、颠覆性和批判性是青少年亚文化最突出的特点。伯明翰学派领袖斯图亚特·霍尔（Stuart Hall）曾在其著作《通俗艺术》中这样描述了亚文化的抵抗：青少年形成了特别的风格（特殊的交谈方式，在特别的地方以特别的方式跳舞，以特殊的方式打扮自己，和成人世界保持一定的距离），他们把穿着风格描绘成是"一种未成年人的通俗艺术……用来表达某些当代观念……例如离经叛道、具有反抗精神的强大社会潮流"①。20世纪50年代问世的美国经典青少年成长小说《麦田里的守望者》无疑是亚文化反叛精神在文学中的充分体现。

小说主要讲述了主人公霍尔顿（Holden）在第四次被学校开除后游荡在纽约街头一天两夜的生活。在小说中，16岁的主人公霍尔顿以自己独特的行为方式表达了自己对社会的不满和愤怒。他整日身穿晴雨两用风衣，倒戴红色猎帽，不愿读书，四处游荡。5门功课4门不及格，满嘴充斥着种种为主流文化所不容的脏话。学校里的一切都成为他诅咒和谩骂的对象。他质疑潘西中学是培养优秀年轻人的地方，在霍尔顿的眼里学校的广告完全是骗人的鬼话。"他们在潘西做的培育工作他妈的强不到哪儿去。我在那里根本没见识过一个出类拔萃、善于思考的家伙，可能有那么一两个吧……"②学校里的同学不思进取，一天到晚就是谈女人、酒和性，尽干一些偷鸡摸狗的勾当。"潘西到处有小偷，这儿颇有些家里很有钱的家伙，但照样到处有小偷。越是收费高的学校，里面的小偷就越多——我不开玩笑。"③于是，他采取逃遁的反叛形式，对群体社会中大众竭力追求的社会地位和物质财富不屑一顾。霍尔顿离开学校到曼哈顿游荡的行为成为他反抗传统，崇尚自由，彰显个性的突出表现。

霍尔顿的愤世和反抗源于他精神世界的苦闷和心灵的孤独和寂寞。在小

---

① 芮渝萍，范谊. 青少年成长的文学探索：青少年文学国际研讨会论文集 [M]. 北京：外语教学与研究出版社，2011年：274.

② J.D. 塞林格. 麦田里的守望者 [M]. 孙仲旭，译. 南京：译林出版社，2022：2.

③ J.D. 塞林格. 麦田里的守望者 [M]. 孙仲旭，译. 南京：译林出版社，2022：4.

④ J.D. 塞林格. 麦田里的守望者 [M]. 孙仲旭，译. 南京：译林出版社，2022：52.

⑤ J.D. 塞林格. 麦田里的守望者 [M]. 孙仲旭，译. 南京：译林出版社，2022：52.

说中,他有着强烈的孤独感,总是觉得烦闷极了,想找人倾诉,没有人时他甚至会对患白血病死去的弟弟艾里大声说话。在文本中,作者塞林格不止一次地这样描述霍尔顿的内心世界:"一瞬间,我觉得寂寞极了。我简直希望自己已经死了。"④ "嗨,我真是苦闷极了。我觉得寂寞得要命。"⑤ 霍尔顿的困境是战后美国青少年精神和情感苦闷挣扎的真实写照。20世纪50年代美国经济得到了高速发展,这段时期,美国对内实行麦卡锡主义,对外实行冷战。物质的高度发达束缚了人与人的和谐交往,冷战和反共思潮的盛行则严重地限制着人们思想和言论的自由,思想高度统一和对物质主义的疯狂追求成为该时期主流文化的显著特征。物质世界的荒诞、人与人之间的冷漠和孤独、理想与现实的落差,以及对追求自由的渴望,迫使年轻人挣脱传统的约束,以虚无主义对抗生存危机,"垮掉的一代"成为这一时期青少年亚文化的代名词。霍尔顿反叛主流文化和道德规范的形象,恰到好处地反映了美国青少年的精神诉求,在青少年中间引起了强烈的共鸣。他们纷纷模仿霍尔顿的装束打扮,"霍尔顿式"语言曾一度在美国青少年中流行。

　　青少年亚文化同时也是种族差异的产物。长期以来,美国社会主流文化一直以盎格鲁-撒克逊白人清教文化为代表。具有盎格鲁-撒克逊血统的白种人有一种天然的心理优越感,而其他少数族裔在美国社会中则处处受到歧视。虽然《独立宣言》声称"人人生来平等",但是这个"平等"仅限于美国主流社会的WASP(白人盎格鲁-撒克逊新教徒,即White Anglo-Saxon Protestant)族群。美国社会不平等的种族差异必定影响着青少年的成长。随着时代的变迁,越来越多的美国青少年意识到在一个多民族和多种族的社会里,各种族之间应该相互谅解,平等互助,和谐发展。同时他们也意识到多元文化是美国的国家财富,美国应该是各种文化共有的天堂。美国作家薛曼·亚历斯2007年获得美国国家图书奖的青少年小说《我就是要挑战这世界》,从一个14岁的印第安少年阿诺的视角,发出了反抗主流文化霸权、渴望民族和解、各民族共同发展的呐喊。

　　小说对白人主流文化霸权的反抗,首先体现在小说无情地揭露和批判了以白人为中心的美国社会对印第安原住民的种族歧视和文化殖民。众所周知,美国建国三百多年的历史,实际上就是印第安人被杀戮、被驱赶、被殖民和同化的血泪史。即使在明目张胆的殖民统治已成为历史的现代美国社会,白人主流社会始终没有放弃使用各种显性或隐性的殖民手段,对印第安人进行殖民及同化,文化殖民就是其中的一个主要策略。这一点可以从小说中白人数学老师 Mr.P 对阿诺说的话中体现出来:"……我们被期待着让你们放弃印第安人的一切。包括你们的歌曲、故事、语言和舞蹈。我们并不是要真正地杀死印第安人。我们试图杀死的是印第安人的文化。"[①]同时,经济上的贫穷和文化地位的丧失,使得印第安人在白人社会中时刻处于被边缘化的尴尬境地。小说多处描写了美国印第安人悲凉、尴尬的生活困境。主人公阿诺天生长有四十二颗牙齿,比正常人多出十颗。他来到白人开办的"印第安人医疗服务中心"拔牙,因为这家服务中心一年只为印第安人提供一次牙诊机会,可怜的阿诺不得不在一天内拔掉多余的十颗牙齿。更可恶的是白人牙医认为印第安人疼痛的敏感度只有白人的一半,因此他只给印第安人使用一半的麻醉剂。在印第安人就读的学校里,白人实行的是非人的管理和教育,他们对违纪的儿童常常进行体罚。

小说对白人主流文化霸权的颠覆,同时体现在小说成功地塑造了自强自立、永不放弃、渴望成功的印第安少年阿诺,从而给主流文化霸权一记响亮的耳光。小说主人公阿诺一出生时就伴有脑水肿,他虽然家境贫寒,到处被人欺负,却始终心怀梦想。他梦想着有朝一日能走出部落,走向世界成为一位伟大的艺术家,并用自己的实际行动一步步地实现自己的梦想。为了改变命运,阿诺独自一人离开印第安原住民保留区,来到陌生的白人中学求学。在那里,作为全校唯一的一个印第安人,他成了异类。而部落族人则视阿诺的行为为背叛,嘲弄他为"苹果",意即"外红内白"。面对族人的误解和最好朋友的离去,阿诺则怀着一颗宽容的心,勇敢地面对挑战,克服了种种困难,最终赢得了好朋友的理解,甚至赢得了白人同学和老师的友谊,最终实现了人生和自我的价值。小说中,阿诺在接受当地体育新闻记者采访时说的话,成为作者表

---

① 薛曼·亚历斯.我就是要挑战这世界[M].卢秋莹,译.西安:陕西师范大学出版社,2010:35.

② 薛曼·亚历斯.我就是要挑战这世界[M].卢秋莹,译.西安:陕西师范大学出版社,2010:186.

达印第安人自强自立、永不放弃的誓言："我不得不证明我比任何人都要强大。我不得不证明我永远都不会放弃。"②

该小说以日记的方式叙述了主人公阿诺面对亲情、友谊、爱情、梦想等一系列成长问题的心路历程,给读者以真实亲近感。同时,小说叙事结构简单,语言诙谐幽默,大量的带有青少年亚文化群标记的俚语深受青少年读者喜欢。文本中不时出现的漫画插图也为小说增添了青少年流行文化的时尚色彩。可以说,无论从形式还是到内容,《我就是要挑战这世界》都充分体现了当代美国青少年亚文化的特征。

二、个性化、狂欢化

青少年亚文化在当代的变化,突出地表现为反叛阶级、种族、性别等主流文化意识的弱化,取而代之的是以个性化、狂欢化的文化消费来抵制成年人文化。追星、偶像崇拜、角色扮演(cosplay)①、写博、创词、发帖、选秀、群居、自拍、恶搞、搜索、黑客、虚拟、迷幻、街舞、猎奇、混搭、嫁接、拼贴、狂欢等等带有后现代色彩的个性化、狂欢化文化消费方式已成为青少年彰显不羁、我行我素、疏离父辈文化、对抗家庭和社会压力的手段,反映出作为社会非主流群体的青少年,渴望打破社会阶梯构架、期待被社会理解和认同的迫切心情。美国著名儿童文学作家杰瑞·斯皮内利(Jerry Spinelli)2000 年出版的畅销小说《星星女孩》(Star Girl),通过编织一个掺杂着青春期苦涩和甜蜜的故事,敏锐地捕捉到了"个人独特性"的重要与珍贵,艺术地展现了青少年亚文化个性化、狂欢化的精髓。

小说通过一个十六岁中学生里奥(Leo)的视角描述了"星星女孩"的故事。她个性鲜明,我行我素,不论是打扮还是言行都与学校里其他女生截然不同。正如里奥在小说中描绘的那样:

---

① 指真人对 ACG(Anime Comic Game)作品角色的扮演游戏。角色扮演的玩家通常被称为"coser"。coser 通过自制或购买特定的服装和道具,用化妆、外形、行为、语言等表现方式在现实环境中重现动漫、游戏角色,以表达自己对这些角色的钟爱。

9月的前一两个星期里,好几次她都穿着离奇的衣服出现。20世纪20年代的直筒裙、印第安鹿皮裙、和服……有一天她穿着一条牛仔短裙,搭配绿色长袜,其中一条长袜的腿上别着一排七星瓢虫和蝴蝶形状的别针。对她来说,"正常"的服饰反倒是那些裙摆长得拖地的老式连衣裙和半身裙。①

"星星女孩"虽然长相普通,却从不施脂粉。她斜背一把尤克里里琴,为每一个过生日的人送上祝福。在球场上,她既为自己的球队也为敌队加油鼓劲。她时常会在毫无征兆的情况下发出朗朗笑声,或在没有音乐的时候翩翩起舞。"星星女孩"的奇特,与死寂冷漠的学校氛围形成了鲜明的对比:

> 云母中学,确实不是标新立异的温床。……在严苛的限制下,我们全都穿着一样的衣服,谈着一样的话题,吃着一样的东西,听着一样的音乐。就连呆子和笨蛋的身上都盖着学校首字母简拼的戳。即使有时候偶然表现突出了,我们也会像橡皮筋儿一样快速地弹回原来的位置。②

单一的、令人窒息的校园文化,让云母高中的学生倍感压抑,而"星星女孩"的到来则给校园生活带来了欢声和色彩。原来无人问津的橄榄球比赛,因为"星星女孩"的助阵一下子吸引了大量的观众;原本厌学的孩子也爱上学了。大家对"星星女孩"的看法也悄然发生了改变:"我们现在有点喜欢上了她。我们发现自己渴望上学了,渴望看到她那些层出不穷的新花样。她给我们提供了谈资,让人感到快乐。"③进入十二月,星星小姐已悄然成为学校最受欢迎的人。"星星女孩"独特的个性同时也深深地吸引着里奥,"两周之前,我才发现她知道我的名字,可现在,我已坠入爱河"④。

① 杰里·斯皮内利. 星星女孩 [M]. 阿眩,译. 昆明:云南出版集团晨光出版社,2019:13.
② 杰里·斯皮内利. 星星女孩 [M]. 阿眩,译. 昆明:云南出版集团晨光出版社,2019:13.
③ 杰里·斯皮内利. 星星女孩 [M]. 阿眩,译. 昆明:云南出版集团晨光出版社,2019:33.
④ 杰里·斯皮内利. 星星女孩 [M]. 阿眩,译. 昆明:云南出版集团晨光出版社,2019:110.

然而,"星星女孩"的存在却受到来自以希拉里(Hillari)为代表的"正常"学生的攻击和刁难。他们辱骂"星星女孩"是"呆子""疯子",并要求她滚出学校。里奥也因为和"星星女孩"的恋情承受着大家对他的孤立:"没有人听我说话,没有人看我,我是个该死的隐形人。"[①]没有尽头的"孤立"让里奥不知所措,只好采取逃避的方式。而"星星小姐"面对敌意则毫不在意,以宽容应对别人的不解,以真诚和善良期待别人的认同。"星星女孩"最终是否赢得了别人的理解和认可,作者并没有给出答案,而是以开放式的结尾给读者留下了思考和想象的"空白"。

小说《星星女孩》通过描述星星小姐个性十足的"出格"行为以及星星小姐和以希拉里为代表的"正常"学生的矛盾冲突,实际上表达的是对成人社会女孩标准的挑战。由于小说中成年人的缺席,小说的主人公通过挑战同龄人的既定行为模式来间接实现对成人社会秩序的颠覆。[②]然而颠覆和反抗意味着别样的追求。当代美国青少年反对世俗成规、强调个性自我、追求自由自在的生活方式、关心自我发展和完善。小说文本艺术地展现了当代美国青少年追求自我个性发展的文化心态,颂扬了美国青少年追求自由和个性的个人主义精神,这也正是《星星女孩》自出版以来一直受到美国青少年热捧的重要原因之一。

该小说成功的另一重要原因在于文本叙述中所体现的狂欢化色彩。狂欢化理论是俄国文论家巴赫金(Bakhtin)在研究俄国著名小说家陀思妥耶夫斯基(Dostoevsky)小说特征时提出来的。日本奈良女子大学教授北冈诚司在其著作《巴赫金:对话与狂欢》一书中指出:巴赫金把"包括一切狂欢节的庆贺、仪式、形式"统称为"狂化"。这个意义上狂欢是不分演员和观众的演出,所有人都不是作为观众观看,而是积极的参与者,参与到狂欢中。"严格地说,狂欢也不是表演,而是生活在狂欢中。"狂欢式的生活,是"脱离了

---

① 杰里·斯皮内利. 星星女孩 [M]. 阿昡,译. 昆明:云南出版集团晨光出版社,2019:165.

② 芮渝萍,范谊. 青少年成长的文学探索:青少年文学国际研讨会论文集 [M]. 北京:外语教学与研究出版社,2011:278.

③ 北冈诚司. 巴赫金:对话与狂欢 [M]. 魏炫,译. 石家庄:河北教育出版社,2001:267.

常规的生活","某种程度上是翻了个儿的生活"。③这种生活是自由自在的生活,充满了对一切权威的亵渎和歪曲,充满了同一切人、一切事的随意不拘的交往。文学作品往往通过塑造狂欢体两重性的"傻瓜"形象,即狂欢化文学中所谓的"聪明的傻瓜"和"悲剧的小丑"形象;运用粗鄙的、嬉戏嘲讽的、褒贬双重的狂欢化的语言;或在情节上安排狂欢场面、狂欢仪式等等体现文本中的狂欢化色彩。 在小说《星星女孩》中,文本中的狂欢化色彩,突出地体现在对奥克提洛舞会的描述上。

星星小姐虽然没有受到舞会的邀请,但她毅然盛装出席。开始时,舞会上无人和她搭讪,也没有人邀请她做舞伴。伴着小夜曲,她独自一人张开双臂翩翩起舞,每一支舞曲结束她都会热情地鼓掌。随着兔子舞音乐的响起,舞会气氛突然发生了变化。只见"星星小姐开始即兴表演。她挥动着手臂,像游行中的名人一样冲着假想的围观人群打招呼,又对着星星摇摆手指,拳头像搅拌器一样搅动。……接着,她表演了兔子三级跳,接连三次大摇大摆的杂耍。她忽而像企鹅般摇摇晃晃地走路,忽而又变成了个蹑手蹑脚的娇娇女。每一个新动作都会在队伍中引发一阵爆笑"①。星星小姐脱离常规、近乎原生态的"天真"行为,在"循规蹈矩"的人们眼里的的确确是一个"傻瓜""小丑"形象。然而正是星星小姐的带动,规规矩矩的舞会霎时变成了狂欢的海洋。"没多长时间,一条长龙开始在地板上蜿蜒前行,领头的便是星星小姐。一瞬间时光仿佛又回到了12月,回到她掌控着整个学校的时候。"②这一刻,支配一切的是人与人之间不拘形迹、无拘无束的自由接触。在这里,界限被消除,等级被解构,精神压力被释放,舞会为人们刻板的生活打开了一扇自由的天窗。

结束语

文学的复杂性和丰富性决定了文学作品并不仅仅是独立的语言作品或审美对象,而是特定社会文化语境下多种文化内涵交融的产物。因此,通过将

①　杰里·斯皮内利.星星女孩 [M].阿眩,译.昆明:云南出版集团晨光出版社,2019:.224.

②　杰里·斯皮内利.星星女孩 [M].阿眩,译.昆明:云南出版集团晨光出版社,2019:224.

文学作品置于广泛的文化背景中进行考察,我们才能更深刻地理解和认识该作品的价值和意义。《麦田里的守望者》《我就是要挑战这世界》和《星星女孩》这三部出自不同作家之手、发表于不同的历史时期的小说,从不同的侧面展现了美国青少年的文化心态,体现了美国青少年亚文化从反叛性、颠覆性、批判性,向个性化、狂欢化发展的变迁。美国青少年亚文化的发展和变迁,既包含着世界青少年亚文化发展的共性,也有着其本国的特色,这也就为我们审视和思考如何构建健康的中国青少年文化,如何促进中国青少年全面发展提供了有利的参考和借鉴。我们应充分挖掘美国青少年亚文化中的积极意义,同时意识到它的缺陷和不足,以宽阔的胸怀理解容忍文化的差异和多元性,引导青少年创建富有中国特色的、健康积极的文化氛围。

第二节 《月夜仙踪》中的中国文化元素解读

美国知名华裔图文作家林佩思(Grace Lin)于 2009 年出版的小说《月夜仙踪》(*Where the Mountain Meets the Moon*)因其优美的语言、生动的人物刻画、跨文化题材荣获 2010 年美国纽伯瑞儿童文学银奖,同时也是 2010 年美国图书馆协会推荐的青少年读物。小说不仅从中国民间传说得到灵感,同时也受到美国经典童话《绿野仙踪》的启迪,可谓是中西合璧的产物。小说女主人公敏俐和父母住在贫瘠的无果山村。每天晚餐时,父亲都会给敏俐讲故事,有无果山的故事、祥龙的故事、龙门的故事还有吴刚的故事等等。敏俐在这些故事的启发下,便想去寻找月下老人,改变家人的命运,从而开启了一段奇异的探险旅程。一路上她经历了各种各样神奇的事物,遇见了不会飞的祥龙、织女的好朋友牧童、明月光城的郡王、寻找龙门的橘色金鱼、砍伐桂树的吴刚……。敏俐在探险旅程中磨炼了意志,培养了胆量,收获了友谊。她永远难忘坚持梦想的金鱼、诚心相待的祥龙、个性豁达且智慧超群的郡王、快乐村庄的村民。这些体验让敏俐懂得了帮人就是帮己,奉献就是幸福的道理,同时也让她明白了家庭、友谊和信心的重要性。小说以丰富的想象力拥抱中华传统文化,显示出中华智慧在世界文化中的永恒魅力。

20世纪以来,美国文坛出现过几位采用中国元素给西方人讲故事的知名女性作家,如谭恩美,汤婷婷,水仙花等。她们的创作各具特色。谭恩美的作品常常以中国文化作为整部小说的大背景和描写对象。① 她的《接骨师之女》之所以能充分引起美国读者的阅读兴趣是因为小说成功地传达了文化的深层含义:即重视对文化断层的修复和连接。这种视角很值得中西方读者细细体味。作家水仙花在赞赏华人族裔的美德的同时,试图弱化和消解根深蒂固的种族二元对立意识,倡导人人平等的"世界一家人"理想。水仙花的"天下一家人"的理想与中国文化中的"仁爱""博爱"的理念相互呼应。她强调人与人之间的平等和关爱,深信民族和种族的融合是历史的必然趋势。② 华裔作家汤婷婷的《女勇士》则讲述华裔小女孩在美国社会奋斗的故事,证实华人女孩在美国通过努力也可以拥有自己想拥有的一切。③ 这些"华裔作家的特殊生活经历和双重文化身份使得其小说糅合了很多中国民间神话传说、民俗习惯、中国古典文学经典人物等中国元素,既不同于英美文学作品风格,又具有一定的本土特点,从而使得英美华裔小说具有独特的艺术价值和魅力"④。中西文化碰撞和文化糅合所产生的独特艺术魅力在小说《月夜仙踪》中也得到淋漓尽致的体现,甚至更为突出。本节试图从求真、为善、崇美三个角度探讨中国元素被《月夜仙踪》吸纳后的艺术魅力。

一、时空穿越中的求真文化元素

小说《月夜仙踪》中对中国元素的吸纳是全方位的,同时也是真切而朴素的。首先是无果山故事的历史穿越和反串,反映出中华农耕文明优良传统的潜在影响。

---

① 翟宇卉,杨明辉.《接骨师之女》中的中国文化元素解读 [J]. 淮海工学院学报(人文社会科学版),2014(5):38.

② 龙亚. 水仙花小说中的中国文化书写 [J]. 重庆工商大学学报(社会科学版),2020(4):121.

③ 郭欣. 华裔作家汤亭亭小说《女勇士》中的中国文化元素 [J]. 新闻研究导刊,2019(24):111.

④ 钱小丽. 英美华裔小说中糅合的中国元素探析 [J]. 大众文艺,2019(2):32.

小说中中国元素的特点首先体现在"人杰地灵"。小说中最早出现的无果山似乎是与"地灵"截然相反的,其实不然,因为它位于翡翠河边,只要遇到风调雨顺的年份,翡翠河水量充足,黑山就可以变成青山。目前只是"因为山上寸草不生,飞鸟野兽也不去那里栖息,所以当地人叫它'无果山'"①。可见,无果山是可以变成花果山的,因为"人杰"的元素存在,而"人杰"是小说的核心部分。

小说描述了众多人杰,而主要的人杰是月下老人。他是中国悠久历史文化的结晶,是智慧的化身。月下老人辛勤劳作,将每个人的行为表现记录在他的"命运簿"中,并用红线给他们确定各自的姻缘。有了月下老人,人们就得时刻规范自己的行为,而扬长避短则是中华文明经久不衰的因素之一。同时,月下老人又用智慧制服了贪婪残暴的虎县令。虎县令是"苛政猛于虎"这个典故的活标本。典故见于大文豪柳宗元的名作《捕蛇者说》。月下老人针对虎县令嫌贫爱富的念头,断定虎县令会派人去杀他儿子将娶的杂货店老板的女儿,而那个女孩势必会寻找保护人,而保护人是郡王。于是女孩被郡王收养。虎县令的儿子成了郡王的女婿。表面看来是阴差阳错的偶然,实际是万事万物相互联系的必然。而虎县令的儿子在郡王的教导下,憎恨虎县令的一切暴行,终于鼓起勇气将虎县令驱赶出去,这种"大义灭亲"的行为也是中国传统美德之一。

另一个"人杰"是小说中神笔马良式的画家,他颠覆了"群龙无首""画龙点睛"的传统含义,使读者可以自由联想而产生新的解读。小说描述无果山和翡翠河时,笔调是寓褒于贬的。无果山下的翡翠河是翡翠龙变的。翡翠龙变为河流本是为了赎罪,但却给百姓造成极大的灾害。原来翡翠龙在天空掌管雨水,当地人因为雨水过多有过怨言,翡翠龙就以拒绝下雨并制造干旱来惩罚村民。结果翡翠龙的四个儿子反对母亲的行为,分别主动变成四条河流,帮助村民。四个儿子的善举破除了"群龙无首,大事难成"的常规含义,而展现出"群众是真正的英雄"的观念。后来翡翠龙也被感动,它变成一条河流,成

---

① 林佩思. 月夜仙踪 [M]. 张子樟,译. 石家庄:河北教育出版社,2020:1.

为民众的母亲河。可惜翡翠龙的心早就枯竭而破碎了,这颗破碎的心化为寸草不生的无果山。此时,必须至少出现一个儿子再度与母亲河汇合,翡翠龙的破碎的心才能得救,无果山才能变绿。可惜那四条由四个龙子变成的河流因年代久远而无法再和母亲河汇合了。于是故事留下一个伏笔:新的奇迹将如何发生,才能让翡翠龙再见到另一个龙子呢?这个奇迹的制造者就是那位画家。是他用无果山的石头雕刻出一块心爱的砚台,再用这方砚台画出一条纸龙。后来这条纸龙被点睛后便获得灵气,于是活了过来,飞了起来,最终与母亲河会合,翡翠龙的愿望实现了,无果山也得救了。《月夜仙踪》这种巧妙的构思,让读者既能真实体会中华大地早年经历的苦难,也为中华大好河山感到骄傲,这就是文化糅合的积极火花。

进一步分析,我们会发现小说中的中国元素具有回味无穷的力量,越是细想,就越有深意。小说的最大匠心就是可爱可敬的群龙形象。小说中的无果山,实际是为群龙出现提供了大背景。龙是中华民族的文化图腾。龙从水,它也代表中国的壮丽山川。翡翠河几乎是黄河的反串。古老的黄河本来就是青翠的。小说中将它设定为母亲河,而母亲河在漫长的农耕社会中哺育了该流域的子民,但也发生过巨大的自然灾害。无果山下村民的经历,也是华夏人民的历史缩影。

小说中还有一个寓意深刻的描述:龙家族具有不可磨灭的正能量。翡翠龙对村民发怒而决心以干旱惩戒大家的时候,它的四个龙子——珍珠龙、黄龙、长龙和黑龙,非常怜悯受苦受难的百姓。在人们绝望的时候,四龙子被大地炙烤、处处闹着旱灾和饥荒的痛苦与悲惨吓坏了。它们逐个哀求母亲翡翠龙发发慈悲,而翡翠龙不为所动。于是四龙子便偷偷地商量,共同想办法帮助人类。它们决心牺牲自己,化身为四大水系,这不禁让读者自然联想到中华大地布局均匀的湖泊河川,也会体会到华夏子民的团结友爱,一方有难,八方支援的壮烈场景。特别是龙子为龙母的过错而集体牺牲的精神还寓藏着更深的哲理:它既体现“天下有难,匹夫有责”的理念,也体现了“国家有事,臣民尽忠”的热诚。家国观念是中国元素的灵魂,这在中美文化交流中,具有极其真实而朴素的启示功能,也足以为海外赤子增添自豪。可以说,在诸多以中国元素作为创作背景的美国华裔作家的小说中,如此彰显龙图腾精神的构思,《月夜仙踪》达到了一定的认知高度。

二、文化杂糅中的为善元素

《月夜仙踪》的幻游具有鲜明的西方文学特征,使人联想到童话《爱丽丝梦游记》。这样的巧妙杂糅,使小说自然消失了许多文化沟通的障碍。幻游使理想成为可实现的模板,让解忧成为欢乐的跳板,从而使励志成为人生的踏板。爱丽丝通过梦游得到放松的惊喜心情,而小说女主人公敏俐则通过仙游得到启发众人的哲理。前者侧重于处处遇到所闻所见的新奇,后者侧重于处处得到人生感悟的启迪。爱丽丝是由野兔引诱而误入奇境,敏俐则是主动自觉通过金鱼的指点去探求真理。这就是积极的杂糅,而不是简单的替换。《月夜仙游》通过杂糅,以西方读者喜闻乐见的幻游叙事方式,展示中国元素中的为善助人的大爱价值取向。敏俐沿途遇到的虽然都是些似奇不奇的人和事,但都是举止高尚,善意帮助敏俐的人生益友。

敏俐在幻游中第一个遇到的人生益友是一条金鱼。金鱼是极其普通的宠物鱼。敏俐格外喜欢金鱼。家里只有两个钱币,她就用其中一个买了金鱼,接着把它放生。这只橘色而有黑鳍的金鱼主动告诉敏俐寻找月下老人的确切路线,因为金鱼几乎游遍了所有的海洋与河川,具有非常丰富的地理知识。金鱼的目的是寻找龙门,让鱼变成飞龙。这是一个豪迈励志的伟大计划。按照另一条金鱼的说法,跳龙门是所有鱼类的崇高目标。龙门藏在有气势磅礴的瀑布的某个地方。龙门就在瀑布的顶端。它有两个特点:一是高耸入天,是所有人看不到的地方;二是那里的灰色石柱,有古老的石雕,有匾额和九十九条小雕龙。这些小雕龙掌控着通往龙门的秘密。要实现飞跃龙门实则难于上青天。于是,金鱼必须游遍所有水域,要"探明真相",免得其他金鱼付出无谓的牺牲。熟悉中国元素的人都知道,小说中金鱼的故事源于"鲤鱼跳龙门"的中国典故,但却彻底改变了典故原来的价值属性:原来典故的含义局限于自我奋斗,或攀附荣华,而小说则蕴含着奉献第一,敢当集体事业开路先锋的意义,是中国元素中"舍我其谁""壮志凌云"的诠释。

敏俐在幻游中遇到的第二个益友是祥龙。祥龙是条"人工龙",是一位高级画师用神笔特意画出来的,祥龙同时演绎出神笔马良和"画龙点睛"的双重故事,被注入了丰富的崭新内涵。祥龙的出现涉及与邪恶势力的斗争。它本是一个画师为了拯救百姓免于虎县令的苛捐杂税而被迫创作的残品:一副故意不点睛的纸笔画。由于它栩栩如生,灵气万分,竟然令虎县令珍藏。可是虎县令只是霸占此画,并未兑现诺言,反而增加对百姓的税赋。祥龙便在被点上两睛后,活了过来,腾跃而起,冲倒所有人,撞毁了桌子、椅子和柱子。摧毁了象征恶势力的官衙,为民除了害。百年后,祥龙被猴子捆绑,被敏俐解救。于是祥龙和敏俐结为伙伴,共同探验寻找月下老人。结果在月光城再次来到虎县令的城池,当年的石狮子认出它是摧毁官衙的小龙,便主动献出敏俐需要的"命运线"。祥龙的正义行为和勇敢给予敏俐极大地启示和帮助。祥龙是中国元素中神笔马良与"见义勇为""锄强扶弱"精神结合的体现者。

敏俐在幻游中遇到的第三个益友是牛郎织女。牛郎的热情好客和无私助人是敏俐始料未及的。当她混进月光城不知如何进入禁卫森严的郡王府时,牛郎主动搭话,愿意提供帮助。牛郎了解王府内情,因为他的女友织女属于社会上流成员。牛郎本来一贫如洗,家徒四壁,但他无私助人的天性赢得织女的喜爱。现在只有织女能帮助敏俐,牛郎便主动邀请敏俐到家里落脚,以便通过织女获得进王府的妙计。恰好在每个满月的晚上织女都会去看望她的祖父,顺道和牛郎见面互诉衷肠。织女的祖父就是月下老人,而织女就是给月下老人纺织"命运红线"的人。于是敏俐终于通过牛郎和织女得到宝贵的信息。牛郎和织女打破世俗观念,以人品决定爱情,以奉献作为处事的原则,以勤劳作为生活方式,得到敏俐深深的敬佩。牛郎织女是中国元素中纯真爱情的榜样,是"富贵不淫""忠贞不渝"的爱情法则的守护者。

敏俐在幻游中遇到的第四位益友要算月光城的郡王。他是虎县令的后代,他的先人,即虎县令的儿子,却能大义灭亲,赶走虎县令和为虎作伥的下属。现在的郡王有感于敏俐的善良而为敏俐提供她急需的"命运线"。他心目中深藏是非之念,对百姓有同情之心,为敏俐改变命运提供了重要的帮助,是值得赞颂的父母官。郡王的出现证明敏俐的幻游是以现实生活作为基础的,虎县令是"苛政猛于虎"的现实演绎,而虎县令家族变迁的故事,则体现着个人命运的变化。这个故事的内涵远远超越爱丽丝梦游的见闻。敏俐见到的这个郡王似乎比爱丽丝见到的那个爱说"砍了他的头"的红心王后要令人愉悦得多。郡王是中国元素中"从善如流,善莫大焉"的实践者。

三、"月亮代表我的心"——文化提升中的崇美元素

细读《月夜仙踪》令人想起那句歌词:"月亮代表我的心。"敏俐对月亮真是情有独钟。读者会注意到小说的结尾,也很富有"崇月"的意境。小说让月下老人居住在"无穷山"上,那里高耸入云,触及上天的月亮,这就是小说的英语名为什么是"Where the Mountain Meets the Moon"。一般而言,中美文化的相同之处也包含对"月亮"的天然联想。月亮代表平和与安静,是与太阳的暴烈与躁动相对应的。这种优美而宁静的叙事风格,体现出作家对月亮的情感寄托。作家在小说中的许多环节都有意与月亮挂钩,塑造意境超脱的宁静美,可谓倾注了极其深厚的崇月情怀。例如:敏俐和小金鱼的告别就是在月夜,"在漆黑的夜里,月亮洒下匀净的光辉,金鱼似乎也发出明亮的橘光"[①]。敏俐和祥龙初次见面时是大白天,太阳高挂天空,但她眼里的这条龙仍然与月亮有关。它"全身通红,长着翡翠绿的须和角,头上顶着一颗形如'满月'却晦暗无光的圆珠"[②]。这颗"满月"般的圆珠就是真正的龙珠,后来对敏俐帮助极大。敏俐与牧童相遇于明月光城。重要时刻出现在月夜,她被牧童领进家门,月光从窗户流泻进来,照亮了这间空荡荡的小屋。夜晚牧童与女友相会时,敏俐发现,牧童的女友很美,在月光下,她就像珍珠一样闪闪发亮。敏俐与郡王见面后,郡王为了满足她的要求,特意命令他的侍从妥善安排,他希望晚上在抱月亭能与月亮亲密地谈心。郡王还告诉敏俐,她想要的"命运线",就是月亮老人的《命运簿》上被强行撕下的一页。上面的文字,平时看不见,只有在明亮的月光下才看得到纸上的字,所以这座城叫作"明月光城"。故事的结尾还涉及月宫里的吴刚砍树,告诫人们不要贪得无厌。而重点是月雨村。那是作家的"乌托邦"。月雨村是月下老人直接关怀下的幸福村,也是体现中国儒家文化的文明村:它是礼乐之邦的一个小细胞。

小说的第十五章讲了"快乐笺"的故事。那个村在一百多年以前,是惹得虎县令嫉妒的快乐村。那里有一个世代繁衍的大家庭,和睦亲善,人人快

---

① 林佩思. 月夜仙踪 [M]. 张子樟,译. 石家庄:河北教育出版社,2020:22.
② 林佩思. 月夜仙踪 [M]. 张子樟,译. 石家庄:河北教育出版社,2020:38.

乐,鸡犬相安,万事无争。他们彬彬有礼,互相体贴。这种大团圆观念就是"花好月圆"的雏形。这户人家和美快乐的故事如风中的种子,四处散播,到处萌芽、开花。虎县令得知后,就在一个月夜派兵包围了村庄,强迫他们交出快乐的秘方,即"快乐笺"。但"快乐笺"在运送途中不慎因箱子跌破而飘入空中,越飞越高,直到隐入月光之中,最后消失了。不过,"快乐笺"在飘飞时,士兵隐约看见上面有重复书写的两个字。究竟是什么字,始终没弄明白。可这家人已经被迫搬走。恰巧憨俐和祥龙在前往无穷山时,遭到绿虎的伤害。绿虎就是虎县令的灵魂化身,也被他的儿子驱赶出来后,便阴魂不散,成为鬼魔。绿虎还要伤害附近的村民。村民中有两个小孩竟然用巧计杀死了绿虎,他们的爷爷也用一种特殊的汤药挽救了被伤害的祥龙。这里包含一个杂糅的童话:绿虎不知倒影而跳井自杀的情节是东西方民间故事的共同智慧。

这个村子的人就是那户逃亡前被迫交出"快乐笺"的后人。他们来到一个荒凉贫瘠的石山区。这里曾经寸草不生。尽管大家辛勤劳动,总是不能果腹。突然一个夜晚,月亮又大又圆。一阵暴风雨降临,倾泻像珍珠的雨滴,其实是种子。不过没有人知道是什么种子。但他们很好奇地把它们种在坚硬的地里。种下的种子发芽长大。夜复一夜,种子雨从天空落下。"不久,它们长成了盛开金黄色花朵的银树。这些树非常漂亮,随着播下越来越多的种子,很快,整座村庄就有了成千上万盛开花儿的月雨树。"[①] 那种树就是茶树。因为祥龙来到过这个村子,饮用过那里的井水煮的茶,于是人们将龙与井联系起来而产生特殊纪念意义,村民便叫它为"龙井茶"。茶是享誉全球的中国元素的金字标签,而"龙井茶"又是其中的佼佼者。以龙井茶的诞生故事作为小说的核心内涵,提升了小说的文化内涵。正如作者在书的最后所写的那样,中国大地和中国文化曾经深深吸引过她,她希望这本小说中的中国元素能产生神奇的魔力。

那么,月雨村为什么能下珍珠雨般的种子呢?当然是月下老人的赐福。原来作家巧妙运用了另一个中国元素:风筝。村民被迫交出"快乐笺"后,

---

① 林佩思. 月夜仙踪 [M]. 张子樟,译. 石家庄:河北教育出版社,2020:154.

儿童们在离家时忧伤地尽情放飞风筝,有些蝴蝶风筝和月光风筝自由升入高空,把信息传递到月下老人那里。月下老人降下风筝上的丝带,用丝带将他们圈定在石山,让他们彻底摆脱虎县令的追捕。至于是谁降下珍珠雨和茶叶树种子,这个谜底就不难揭晓。反正月雨村的百姓对自己定居非常满意。他们信守的理念其实就是两个字:感激。这也是中国元素中价值观的纯朴表现。月光淡如水,是安分知足的一种表现。

其实,月光村不仅是幸运村、幸福村,还是充满奉献精神的文明村。两个小小的孩子大福和阿福,兄妹二人,在绿虎每月要吃掉两个儿童的威胁下,竟然自告奋勇去智斗绿虎,最后消除大害。这也是爷爷奶奶教育的结果。后来又是兄妹俩带领敏俐冒险攀登无穷山去见月下老人,实现了敏俐的愿望。敏俐记得大福最后跟她说的那些话:"好运不是一间堆满黄金美玉的屋子,而是更丰富的东西,是一件她早就拥有却不需要改变的东西。"[①]那他们早已拥有什么呢?他们拥有的就是明月随行的宁静。他们一直崇拜月亮,他们逐渐懂得要像月亮光辉那样无偿照耀大地,默默造福他人。月亮美,人美,珍珠更美。小说最后又特意插叙了龙与珍珠的故事。从前有条龙找到一块石头,费尽心血,终于把它打造成美丽的珍珠。珍珠不慎落在王母娘娘的手里。被龙发现后,它据理争夺。但玉皇大帝判决将这块珍珠投入天河,也就成为地上人们仰望的月亮。这个结果,龙与王母娘娘都表示同意。其实是龙做出巨大的奉献。这个传说是对月亮美的真正的画龙点睛。

小说《月夜仙踪》再现了中国文化的"己所不欲勿施于人"的奉献价值观,所以敏俐探险的终极目标也就突然改变:面向月下老人九十九年才回答一个问题的尴尬局面,敏俐只代替祥龙请教如何能够腾飞,而放弃询问如何改变自身的命运。结果,祥龙自动摘下龙珠而腾飞翱翔,而翡翠龙也因见到用自己破碎的心衍生的龙子祥龙,实现母子亲和,令天理顺达,使山青河畅,便彻底改变了无果山的荒凉贫瘠,敏俐的家人和乡亲也踏入幸福的天堂。这种花好月圆的创作思路,也是中国元素崇尚"和和美美"的体现。

---

① 林佩思.月夜仙踪[M].张子樟,译.石家庄:河北教育出版社,2020:215.

结束语

中华文化元素在小说《月夜仙踪》的运用,是东方文化魅力的展现。小说串联了十余个中国民间故事和成语典故,独具匠心地提升了它们的内涵,赋予它们新时代的理念,把乡土气息和西方情趣高度融合,成为中西读者喜闻乐见的精神食粮。同时小说巧妙地将中国元素与西方童话叙事模式相融合,使中国元素在西方读者面前得到耳目一新的精彩呈现。

第三节 《知更鸟》:美国弱势族群的"文化图腾"

美国女作家凯瑟琳·厄斯凯恩(Kathryn Erskine)创作的小说《知更鸟》一经出版,就深受广大读者的欢迎,于 2010 年荣获美国国家图书奖青少年文学奖。该小说的创作是对 2007 年弗吉尼亚理工大学校园枪击案的反省和回应。在那次事件中,有多达 33 人死亡,20 多人受伤。凶手是一位 23 岁的有精神疾患的韩国留学生。根据新闻报道,作案前,他的母亲多次向教会求助,希望能够帮助其儿子,但这位留学生显然失去了社会对他的关切。这个惨痛的教训,促使从事过 15 年律师职业的凯瑟琳·厄斯凯恩下决心投入社会调查,并成功地创作了小说《知更鸟》。小说的成功虽然没有为真正破解美国社会枪支泛滥和校园暴力横行的顽疾开出良方,却为弱势群体发出了振聋发聩的呐喊。

一、《知更鸟》:美国弱势族群的"文化图腾"

法国作家、哲学家、后现代主义代表人物吉尔·德勒兹(Gilles Deleuze)认为,生成弱势是对抗一切既有权力的有效方式,弱势文学就是生成弱势在文学领域的体现。[1]德勒兹始终关注对生命的思考。他认为生命即生成

---

[1] 葛跃. 从弱势语言到弱势文学的生成 [J]. 文艺理论研究,2014(1): 81.

（devenir）。法语的 devenir 具有"自然变成"或"生成"的含义。由于社会中本来存在一种"常量"，代表美国社会的这种常量和标准是异性恋—说一种标准语言的—欧洲的—居住在城市的—男的—白种人的—人，他们自然是强势族群，而儿童、女人、黑人、农民、同性恋等，则被"生成"为弱势族群。当然，强势族群预设着一种掌权或支配的状态，而非相反。哈珀·李 1960 年出版的小说《杀死一只知更鸟》是为弱势族群发声的最成功的美国青少年小说之一。半个世纪后的 2010 年，凯瑟琳·厄斯凯恩出版了《知更鸟》，它所反映的弱势群体则扩展为受枪支暴力伤害的弱势家庭，社会的不安全感呼唤着新的知更鸟的出现。美国青少年文坛上半个多世纪不衰的知更鸟形象，便成为弱势族群不言而喻的文化图腾。知更鸟美丽可爱，鸣叫动人，休闲的狩猎者竟然以射杀它为乐，已经引发社会谴责。知更鸟已然成为弱小无辜的受害者的永恒形象。同时知更鸟也完满诠释了美国弱势群体的善良、纯朴。细读《知更鸟》，我们可以发现三个弱势文学的显著特征。

（一）弱势群体叙述

首先，"弱势文学不是用弱势语言写成的文学，而是弱势族群在一种强势语言内部缔造的文学"[①]。这里必须弄清《知更鸟》一书中的强势语言和弱势语言的标志并不是指语种差别，而是"不存在两种语言，而只有对于同一种语言的两种可能的处理方式"[②]。换言之，语言本身是存在变量的。在《知更鸟》中，它既使用正宗的美式英语，也完全保留第一人称的自述者具有双重弱势身份的口吻。因为年仅 10 岁的主人公凯特琳既是被枪支暴力杀害的戴文的小妹妹，她本人又是一名阿斯伯格综合征，即自闭症患者。她的感知力和表达力常常令众人错愕。全书富有很多弱势语言的特色。除了全书对凯特琳的交谈不用引号之外，还对自闭症者使用的呆滞语汇和机械性动作，如无数次出现的"直视着那个人"和"我们生活破碎的那天"，始终加色为粗体字，令人物的基本个性和境况顿时跃然纸上。

小说更重要的语言风格是突破语言正常的能指与所指界限。故事的第一

---

① 蒋孔阳，朱立元 . 西方美学史（下）[M]. 北京：北京师范大学出版社，2013：308.
② 蒋孔阳，朱立元 . 西方美学史（下）[M]. 北京：北京师范大学出版社，2013：314.

句话就是讲戴文的箱子。"它看上去像一只折了一翼的大鸟,受了伤,蜷缩在我家客厅的一个角落里。"① 木箱子成了故事叙述的一条主线。凯特琳关注的那只木箱子,是一个工具箱,是哥哥戴文被害前打算晋级为鹰级童子军的关键作品。鹰级就是顶级。鹰在美国是最神圣的灵鸟。所以在美国庄严的国徽上出现的是鹰。老鹰在凯特琳心中自然威严无比,于是在她心目中,哥哥的木箱既然在被害前没有做完,自然就像严重受伤的折了一翼的大鸟。这是一只什么大鸟呢?在她心目中,只有老鹰能和戴文的箱子相匹配。而且她也擅长画老鹰。她曾说过:"去年爸爸把我画的老鹰送到一个成年人的画展上参展,获得了头奖。"② 所以当凯特琳决意要实现戴文的遗愿,完成他的童子军晋级计划。凯特琳在自己的 T 恤衫上画出一只老鹰,然后穿上它在父亲面前走动,让父亲联想到"老鹰 + 斯各特"是戴文未了的遗愿。但,后来木箱做好后,那只鸟不再是老鹰,却变成了为弱势群体呼吁平安的象征物——知更鸟。

从另一个角度看,弱势群体往往会遭受强势成员的语言霸凌,于是反抗,坚持反抗,直到调节、和谐、结交为友。

因为凯特琳是患有自闭症的弱女孩,与人争执时常受欺侮,但她会直抒己见,不易变通。她有一次批评同年级的捣蛋鬼约什(Josh)的行为错误。而约什则恶语相向,破口大骂她说:

"哟! 他大叫,你看起来像条狗! 满嘴流口水,袖口全湿了!"

凯特琳听后丝毫没有暴怒。而是这样思考:

"虽然我不明白他关什么说'哟',可我还是不再吮吸袖口了。我喜欢狗,如果有人说我像狗,那我高兴还来不及呢。"③

最终她还是接纳约什为朋友。因为约什平日能保护一个一年级男孩迈克尔(Michael),迈克尔的妈妈也是被枪手无辜杀害的。虽然性格强悍的约什

---

① 凯瑟琳·厄斯凯恩. 知更鸟 [M]. 张子樟,译. 北京:人民文学出版社,2019:1.

② 凯瑟琳·厄斯凯恩. 知更鸟 [M]. 张子樟,译. 北京:人民文学出版社,2019:74.

③ 凯瑟琳·厄斯凯恩. 知更鸟 [M]. 张子樟,译. 北京:人民文学出版社,2019:28.

的表哥就是行凶的凶手,凯特琳本能地讨厌他,而且约什经常和凯特琳顶嘴作对。后来凯特琳在一次重大场合里给邻座的迈克尔和约什送上了自己最喜爱的果冻。通过这个举动,凯特琳表达出希望人人都能相互理解的愿望。

(二)无法逃避政治

德勒兹认为,弱势文学的第二个特点,就是一切均与政治有关。[①]不管作家有意还是无意,在弱势文学中,政治性扩散到一切话语中。显然,美国的枪支泛滥与校园暴力频发绝不可能与政治无关。相反,《知更鸟》一书从头到尾,似乎在竭力避谈这个极其敏感的政治话题,只谈如何加强人际交流和终结伤痛。可是,只要出现全方位的交流,政治就会冒出来。例如,在第13章,凯特琳反复说过射杀动物的话。凯特琳在看电影《杀死一只知更鸟》时,从头到尾都盼望着那个当爹的开枪打死一只知更鸟。幸好在哥哥戴文的教导下,懂得了一个深刻的哲理:枪杀一个绝不会伤害你的无辜者是错误的。这里的潜台词是,在枪支文化盛行的美国,凯特琳会下意识地拥有下列强势语言:个人拥有枪支是合法的,自由射杀生物也是合法的。可见,本身虽然属于弱势群体,而同时又属于白人家庭的凯特琳一家,纵然现在是受害者,但出事前也可能变成加害者,而真正决定他们命运的就是奉行枪支文化的美国政治。

这里有两个信息值得注意。一是西方的狩猎文化历史悠久。美国地域广大,中产阶级乐意沿袭旧贵族的狩猎爱好。所以在《杀死一只知更鸟》中的律师阿蒂克斯就忏悔式坦白说自己曾经射杀过一只知更鸟。而凯特琳在看电影时萌发一个想欣赏那个当爹的去杀死知更鸟的念头,也是出于这种文化背景。二是美国的建国发展史所营造的枪支文化因素。早期作为美洲移民防身狩猎工具的枪支,至少在三个重要阶段(移民美洲、独立战争、西进运动)发挥过重要作用。但后来随着美国进入霸权主义的时代,私人枪支逐渐演变成为暴力犯罪的轻便工具。到2007年的弗吉尼亚州的校园枪支暴力发生的次年,美国就爆发了金融次贷危机。枪支犯罪便成为美国社会危机加剧的突出标志。今天的读者不应该回避这些客观事实。在研究美国校园暴力盛行的五

---

① 蒋孔阳,朱立元.西方美学史(下)[M].北京:北京师范大学出版社,2013:308.

大理论中,有社会效仿说,有代价评估说,有不均等结构说,有生理奇特说,还有交叉因素说等等。那么,美国人们如何选择前途呢?《知更鸟》的作者在小说的后记中坦承:"怎样会发生这样的惨剧?这究竟是为什么呢?我们本该做什么——如果还能做点什么的话——来预防这种事情的发生呢?只有天知道。"[①]这种悲观论调,并不稀罕。

在美国政治环境中,国家层面又是如何援助受枪支暴力伤害的群体的呢?通过《知更鸟》的描述,答案只有两个字:无助。在第20章"移情"中,有这样一段痛心的记录:

爸爸边跟乔莉姑姑通电话边摇头。我支付不起心理咨询的费用。

沉默。

什么保险?我没有上任何保险。

沉默。

你知道请心理师要花多少钱吗?

沉默。

连诊所都要钱,除非你一点也不挣钱。我还没有打算为了心理咨询而辞职。

沉默。[②]

于是这个在凯特琳脑海里用粗体字深深刻下"我们的生活支离破碎"印记的家庭里,大家从此便尽量避开政治。爸爸在遇到福克斯电视播报新闻时就会关闭电视,大家通过选择沉默来表达抗议。

(三)群体价值走出困境

对于群体价值的定义有两个层面。首先要清楚,德勒兹是把弱势文学与所谓的"主流的"文学和大师的、巨匠的文学对立起来。二是作品语境中存在着可以鲜明区分的强势(主流的)与弱势(有时是少数,有时多数)的不

---

① 凯瑟琳·厄斯凯恩.知更鸟[M].张子樟,译.北京:人民文学出版社,2019:207.
② 凯瑟琳·厄斯凯恩.知更鸟[M].张子樟,译.北京:人民文学出版社,2019:112.

同群体。这两个层面的属性完全不同。因为弱势文学不必跻身于主流文学；而弱势群体则必须得到强势群体的接纳和融合。后者成为《知更鸟》具有革命性的创作主导意识。

处于弱势群体最顶端的是受害家庭中患有严重自闭症的女孩凯特琳。她一般都强烈地抵制群体活动。在《知更鸟》的第2章，凯特琳断然否定亲友探视的价值。得知"爸爸说镇上的人都为这件事难过，他们想帮忙"[①]时，她的反应很直接："那又怎样？"[②]她说，"戴文在的时候，我们很少见到亲戚来访，现在他们来了又能顶什么用"[③]。还说，"像那个朝着戴文大吼，让他滚出他家草坪的邻居，他能帮什么忙"[④]。借患有孤独症的女孩凯特琳的口，作者把强势社会只讲应酬的群体互动贬斥得一文不值。

偏偏最需要群体帮助的弱势人物中，长期形成对外界强势环境的恐惧，习惯构建自己的私人空间。凯特琳就一直守护自己的壁垒。而且她还为了帮助另一个自闭症患者威廉·H.（William. H）勇敢地和同年级的调皮鬼约什据理争辩。凯特琳自己也曾经顽强地拒绝参加辅导老师建议的任何小组活动，坚守自己的独立天地。其实，她的孤独习惯也是强势人群逼使她养成的。她本想和人打交道，"可他们总是这样对我说，别管我，凯特琳，你走吧，于是，我照做了。因为我听了他们的话，所以我现在越来越有礼貌了"[⑤]。

面对凯特琳的独特反应，有两个群体一直给予她无私的爱和引导：一是家庭，二是学校。让她明白家庭的群体价值是相依为命。学校的群体价值是循循善诱，诱导她多交朋友。后来她虽然仍然感到交朋友是痛苦的，毕竟也认识到"但在痛苦过后，我觉得某些又好又结实又美丽的事情会实现的"[⑥]。爸爸如此说过。听到此话，辅导老师布鲁克（Brook）太太则脸上笑开了花。正是在群体价值的支持下，她最终完成了自己的终结计划，在学校的大会

---

① 凯瑟琳·厄斯凯恩. 知更鸟 [M]. 张子樟，译. 北京：人民文学出版社，2019：3.
② 凯瑟琳·厄斯凯恩. 知更鸟 [M]. 张子樟，译. 北京：人民文学出版社，2019：4.
③ 凯瑟琳·厄斯凯恩. 知更鸟 [M]. 张子樟，译. 北京：人民文学出版社，2019：4.
④ 凯瑟琳·厄斯凯恩. 知更鸟 [M]. 张子樟，译. 北京：人民文学出版社，2019：5.
⑤ 凯瑟琳·厄斯凯恩. 知更鸟 [M]. 张子樟，译. 北京：人民文学出版社，2019：52.
⑥ 凯瑟琳·厄斯凯恩. 知更鸟 [M]. 张子樟，译. 北京：人民文学出版社，2019：168.

上，由校长宣布，戴文同学为晋级鹰级童子军而制作的工具箱，最后通过凯特琳和爸爸的继续努力，终于完成并赠送给了学校。木箱上有体现凯特琳心愿的亲手绘画的知更鸟。

二、互文叙事

弱势文学必须强化自己的叙事语境，最好的办法是与经典作品互文映衬。罗兰·巴特 (Roland Barthes) 说过：任何文本都是一种关联文本；其他文本都在不同层次上、以或多或少可以被辨认的形式出现在这一文本之中。[①]

（一）形象互文映衬

本来美国的弱势族群历来是以黑人为代表的。所以，以反映黑人受到不公平待遇而遭冤屈残杀命运的哈珀·李的《杀死一只知更鸟》一问世，就震惊文坛。如今凯瑟琳·厄斯凯恩的《知更鸟》可谓异军突起，确是一脉相承的佳品。不过，它内容涉及美国面临的新的恐怖威胁的话题，反思美国校园枪支暴力犯罪的深层因果关系，把惨遭枪支暴力的弱势族群推进了读者的视野。

知更鸟的形象之所以会延续超过半个世纪，就是因为美国的弱势族群有悄然扩大的趋势。虽然美国的主体弱势群体仍然是黑人，出现过黑人总统也掩盖不了黑人的命不算命的残酷现实。但不幸的是，进入 21 世纪后，美国枪支文化越来越显示恐怖色彩，校园暴力层出不穷，加剧了悲剧的发生。厄运的不可知数日益递增，使落泪的知更鸟会长久哀鸣。《知更鸟》和《杀死一只知更鸟》的互文叙事所塑造的文学形象，必然唤起美国读者对生存前景的强烈担忧。

《知更鸟》一书的形象寓意更加深刻化。故事快结尾时，凯特琳的爸爸一直以为爱画画的女儿一定会为最后完工的戴文的晋级鹰级童子军的工具箱画上一只老鹰，结果却是一只知更鸟。凯特琳明确地告诉爸爸就像电影里的那只，并且它还有新的意念："鸟头向上歪着，鸟嘴张开，好像正在鸣唱。它美极了。"[②]

---

① 赵毅衡，蒋荣昌. 符号与传媒 [M]. 成都：四川教育出版社，2011：37.
② 凯瑟琳·厄斯凯恩. 知更鸟 [M]. 张子樟，译. 北京：人民文学出版社，2019：189.

究竟告诉全世界什么事情呢？在第38章，"我懂得了！"，小说写道，"我不是为自己哭……，而是为戴文哭！……。这难道不就是同情吗？不就是设身处地，换位思考吗？我现在能为他——而不是为自己——着想啦！"①看，一个弱者的内心竟如此崇高。美国的精英层难道不要反思吗？自从最早的知更鸟形象出现后，相隔50年，美国的科技文明大大促进了军火生产的杀戮能力，结果美国白人也自身难保了。成长中的读者已经换了几代人。新的读者竟然多增了无辜受害者。这充分证明，美国不缺军火商为代表的科技老鹰，却奇缺呼唤保护和平的知更鸟形象。庆幸《知更鸟》一书总算唤醒了人们的警觉。

（二）情节互文映衬

作为承续性互文，《杀死一只知更鸟》和《知更鸟》在小说人物及其家庭背景方面具有极大的相似性，特别是小说中都有偏爱离群索居的"怪人"。本来弱势的怪人急需强势群体的真诚无私的关怀、保护和亲近，而客观事实却是他们反而被别人看作怪异而遭受疏远和冷漠。

《杀死一只知更鸟》中怪人的所谓怪异之处是被有意或恶意地夸大的。尤其是"怪人"布·拉德利（Boo Radley），他的确在少不更事的幼稚年代犯过错，曾被父亲长期关押在家里受尽折磨。邻居恶言恶语地把他彻底妖魔化，竟然造谣说他生吃松鼠而两手鲜血淋淋。实际上，长期隐蔽而可怕的怪人布·拉德利不仅对误闯自己住所而吓得要死的一对兄妹俩没有丝毫伤害，反而从此给予他们体贴入微的关照。除了为他们特别开辟了赠送小礼物的树洞之外，还在他们的父亲阿蒂克斯（Atticus）被人暗算时挺身而出，拯救他于危难之中。布·拉德利被妖魔化的形象终于得到彻底洗刷。

《知更鸟》中被视为"怪人"的凯特琳，因为患有自闭症，下意识地养成了用衣袖涂擦口水的动作，同时又习惯于寻找能够给予其安全感的隐蔽空间，常常钻进沙发垫底下，或者钻进其他藏身洞里，同学们逐渐对她敬而远之。另一方面，真诚而坦率的凯特琳，在很多场合，将同学们对她某些举止发出的嘲笑视为正常。她对哥哥戴文被无辜枪杀的后果，简单描述为"我们的

---

① 凯瑟琳·厄斯凯恩. 知更鸟 [M]. 张子樟，译. 北京：人民文学出版社，2019：194.

生活支离破碎"，却没有感情爆发式的号啕大哭和伤心倾诉。单纯可怜的凯特琳一直是小说情节发展的核心人物。正是这个怪癖突出、令人无可奈何的小姑娘，诚恳而执着地寻找"终结"家庭的"支离破碎生活"的良方，和父亲一起迎接"色彩斑斓"的新生活。

凯特琳把对哥哥的怀念的全部感情凝结在他未完成的鹰级童子军升级作品的木质工具箱上。凯特琳在图书馆里查阅了 32 本参考资料，阅读了"海量"的关于心脏的信息。因为哥哥就是被击中心脏而致命的。就是这个被众人小瞧的残疾女孩，破解了社会性难题。凯特琳是最弱最弱的弱女子，却画出了最美最美的知更鸟。

凯特琳虽然是典型的弱者，但她也是一个鲜活的生命。德勒兹很重视生命的力量。在一篇题为《文学与生命》的文章中写道，"（写作）是一种进程。它是超越可能或既往生活经验的生命进程"[①]。他在评论尼采的"善与恶的彼岸"时说，"问题并不在于以一种更高权威——真或善——的名义来判断生命，相反，问题在于以其所包含的生命来衡量每一个存在，每一个动作或激情，甚至每一个价值"[②]。

当然，布·拉德利和凯特琳都是个性鲜明的弱势人物。无论什么"怪人"，或者自闭症患者，他们既有共性，更有个性。正是通过互文，这两个具有"个性"的怪人在作品中的形象更加丰满。这两本名著中，如果失去布·拉德利和凯特琳这两个"怪人"，整个故事的情节走向，就会苍白无力。

（三）移情互文映衬

移情既是心理分析的名词，也是修辞手法。对于有心理障碍的弱势群体，必须开发他们的移情思维能力。《杀死一只知更鸟》和《知更鸟》这两本书都以如何对待知更鸟的情感作为培养正义之心的哲理手段，本身就是最大的移情。

总体而言，《知更鸟》一书在处理移情手法时，充分发挥了互文叙事的

---

① Gilles Deleuze. Critique et clinique[M]. Paris：Les Editions de Minuit，La Literature et la vie，1993：11.

② 朱立元，张德兴. 西方美学史（上）[M]. 北京：北京师范大学出版社，2013：297.

诱导技巧，能让读者百感杂陈，思绪难宁。

例如，在《杀死一只知更鸟》的结尾处，斯科特（Scott）突然有所顿悟："阿蒂克斯是对的。他曾说，除非你穿上另一个人的鞋子，像他一样走来走去，否则，你永远无法真正了解一个人。"① 这段关于移情哲理的话，完整地互文到了《知更鸟》的第19章《鞋》，并构成凯特琳处理友情的一个幽默而严肃的生活插曲。

首先感到幽默的是，凯特琳不知如何对待朋友的难言之隐。她以真诚之心去为朋友解困，反而招致辱骂和责难。辅导老师提醒她试着去体会别人的感受，就好像脱下自己的鞋而穿上别人的鞋。凯特琳艰难地听取辅导老师的指点，结果，戏剧性的动作出现了：

我低头看着自己的鞋，悄悄把它们脱掉。我的脚凉凉的、湿湿的，原来我的袜子已经湿透了。我小心让脚趾碰触坚硬冰凉的地面。然后抽回双脚重新塞进我的运动鞋里。至少我已经让脚趾尝试过移情了。②

凯特琳的令人哭笑不得的动作不应该被彻底否定。虽然有误解，但她是真诚地在实践一种新观念。只要有真诚和实践，任何移情和类似追求移情的目标，都能实现。

凯特琳善于画画，但只肯画黑白画。她认为她的画都是黑白的，没有模糊不清的地方。这样才容易看得清楚。她把为哥哥精心打造的鹰级童子军工具箱，特意画上只有灰、黑、白三种颜色的知更鸟，因为力求简单就是弱势群体对待生活的基本趋势，也是他们一般不抱奢望的务实态度。在小说结尾处，美术老师沃特斯（Walters）先生特意送给凯特琳一大盒彩色蜡笔。凯特琳终于高兴地写道："我把素描簿摊开在腿上，打开那个五彩缤纷的蜡笔盒。现在我打算用它们了，因为我已构思好了我要画的整幅画。我甜甜地笑着拿起了画

---

① 哈珀·李. 杀死一只知更鸟 [M]. 高红梅，译. 南京：译林出版社，2018：154.
② 凯瑟琳·厄斯凯恩. 知更鸟 [M]. 张子樟，译. 北京：人民文学出版社，2019：107.
③ 凯瑟琳·厄斯凯恩. 知更鸟 [M]. 张子樟，译. 北京：人民文学出版社，2019：206.

笔。"③凯特琳终于发现这是一个充满色彩的世界,美丽而多姿,一切悲伤和痛苦终将"终结",生活还将继续。

结束语

尽管不是严格意义上的弱势文学,小说《知更鸟》却体现出了弱势文学的很多特征。小说为弱势群体发声,在心灵层面为美国枪支暴力的受害者巧妙地奉献了一首安魂曲。我们有必要按照"生成—弱势"的思路不断探索弱势群体与弱势文学的内在联系,以及互文映衬的叙事特征,以便更好地解读《知更鸟》的感染力。历史往往留下前进的悖论:科技越发达,文明越进步,新的弱势群体就越会突然降临在你面前。不希望弱势文学增添新的素材,但愿知更鸟的形象和它发出的乐声永存于世。

第五章　21世纪美国青少年小说的
叙事艺术

　　叙事学是与认知发展密切相关的写作思维领域。探讨 21 世纪美国青少年小说的叙事艺术,除了要深入了解 21 世纪美国青少年小说与青少年认知发展的关系外,还要懂得 21 世纪兴起的新叙事学。新叙事学注重形式与功能并重的模式。简单地说,它有三个鲜明特点:多样化、解构主义、政治化。①

　　新叙事学对青少年文学的发展影响很深。以《知更鸟》为例,它与 50 年前的《杀死一只知更鸟》几乎同样蜚声文坛。二者都是以知更鸟象征弱小、善良、美好而遭受迫害的群体,但两者叙事风格却迥然不同。《杀死一只知更鸟》的故事情节显性化,善恶恩仇非常鲜明。它叙述律师阿蒂克斯·芬奇(Atticus Finch)坚持替被冤屈为强奸犯的黑人伸张正义而遭受恶意伤害,危急时刻又得到另一个受污蔑的少年布·拉德利的救助,使他的女儿斯科特感动不已的故事。而《知更鸟》却大不一样,它几乎完全以隐喻的叙事手法让读者自行解读文本的意义。第一点隐喻是淡化对枪击案恶人的仇恨。凯特琳没有执意寻找枪杀哥哥戴文的仇人并强烈要求报仇,这是写作思路的高度异样化。第二点隐喻是凯特琳坚持要用哥哥未完成的童子军木工箱作为化解

----

　　① 马克·柯里. 后现代叙事理论 [M]. 宁一中,译. 北京:北京大学出版社,2003:4.

悲痛的寄托物,让人们敬仰她一家人崇高的家国情怀和社会责任意识,而持枪杀人凶犯所仇恨的就是整个社会和国家。第三点隐喻是凯特琳父女没有得到国家救济金,但他们却无条件地爱国,这就是自觉的政治性。可以说《知更鸟》是采用新叙事学艺术的典型的 21 世纪小说。

新叙述学的三个特色也体现在其他小说中。

首先是叙事艺术的多样化。这里抛开常用的构造、建构、建立和结构化等词语,重点研究 21 世纪青少年小说的题材和体裁,就能粗略地看出它们的丰富多彩。特别是打破传统的叙事一致性原则,即打破主题、形式和观点等稳定一致的原则。21 世纪的青少年小说,虽然也具有小说要素的一致性,情节丰满,描述细腻,人物栩栩如生,但在体例上各有标新突破,能引发读者多层次的解读。例如,本书中研究探析的所有作品都含有日记、传记、考察报告等写实性色彩,以加强文本的信服力。小说《我就是要挑战这世界》是反映印第安人在美洲大陆沉重历史的半自传体小说。《蝎子之家》专写克隆人马特的成长经历,属于科幻类反乌托邦小说。小说从细胞分裂写起,代替呱呱落地的生命开始,使非正常的神秘生命也具有十足的温度感,通过对怪异生命(克隆体)的叙述而揭示科学被操控的悲哀。《克里斯托弗·克里德的尸体》类似侦探小说,也类似中国的《聊斋志异》,它以怪异传奇嘲讽世风不正,人心不古,美国主流社会的异化。《我之所见,我之谎言》以亲身经历讲故事,兼有三种特点:多角爱情、谋杀奇案、忏悔录。《无家可归的小鸟》,因为小鸟的亲切感,立刻提升青少年对心灵纯美事物的共鸣度。《无法别离》是从家庭谱系(Family tree)入手,分别从三个主人公的视角叙述,很像列传体裁,最后仍以大姐格雷丝收尾,体现合传的完整性。《挑战者深渊》很像科考报告,也像探险游记,实际是写一个精神病患者用顽强的毅力战胜疾病痛苦的励志故事。小说中的船头木雕女神像的活跃形象,使小说富有新时代童话的色彩。《土地》是个古老的人生话题,是美国早期开拓者的拼搏纪实,虽然是普通的混血黑人的经历,但具有历史痕迹的史料性。《离天堂一步之遥》叙述的是亚裔移民的美国梦,是典型的体现多元文化冲突碰撞的现代故事。《古铜色的太阳》书名本身就是富含诗意,是诗韵体小说的最佳标题。《天降》(*Let the Sky Fall*,2013)是科幻小说的标准书名,它的姊妹篇《风暴来临》(*Let the Storm Break*,2014)《让风腾起》(*Let the Wind Rise*,2016)除了继续科幻色彩外,还有因风暴引起的恐怖。《追风筝的人》把追风筝的民俗提到民族文化的高度,既有人物故事的要素,更有民族记忆的深度。《水母物语》(*The Thing About Jellyfish*, 2015)叙述了爱好自然科学的小女孩苏茜(Suzy),当得知挚友弗兰妮(Franny)在一次溺水事故中不幸身亡后,苏茜认为导致悲剧的原因是弗兰妮被一种罕见的水母蜇了。为了证明自己的推断,苏茜查阅大量有关水母的资料,咨询水母专家,还制订了一个大胆的独自周游世界的计划,以探寻水母的秘密。小说巧妙地将科学研究、现实生活与主人公的心路历程有机融合,展现了主人公苏茜从童年过渡到青春期所经历的痛苦和困惑。故事富有生态探索的韵味,寄托着厚重的对友谊和生命的思考,仿佛是一篇从少儿视角观察社会和自然的科考报告文学。

其次是叙事艺术的解构性。解构就是把结构主义的"作品"和读者心目中的"文本"区别开来。21世纪的青少年小说,可以看成是文本的大海洋,可以解构出许多新故事。简单地说,可以解构历史、解构现实和解构未来。

解构历史可以从《我就是要挑战这世界》开始。它让人知道原住民是从哪里消失的,纵然小说没有直接写出白人对原住民的大屠杀,但小说多处留下殖民的痕迹。作家特意描述那些"国家公园"里的参天大树和原住民的生活现状,巧妙地寓意出残酷历史的无奈。如果读者关切美国的辽阔大地是谁开拓出来的,还可以阅读《古铜色的太阳》和《土地》,它们形象化地记录了黑人流出的血泪和汗水。保罗、米切尔等人是诸多真实历史不肯记载的真正功臣。当然,二战给美国带来划时代的变化,《我之所见,我之谎言》中的基本情节,让青少年读者懂得美国的繁荣和发战争财有牵连,美国的文明也与谎言有不解之缘。

如果进一步解读《天降》系列,就能解构美国的现在和未来。故事中的少男维恩(Vane)和少女奥德拉(Audra)双双被卷入大自然大气王国的权力争斗。争斗的主体以东、西、南、北四大风能为正义方。把四大风能联合起来就可以迎战被"暴怒者"控制的烈风部队的魔鬼势力,因为"暴怒者"企图称霸全球。其中维恩和奥德拉所依靠的助力是西风部族。战斗方式是太空空战为主。正义方的目的是阻止"暴怒者"彻底摧毁人间家园。小说以魔幻现实主义的手法暗示着美国面临的自然资源枯竭和未来高科技被敌人入侵的威胁。不管故事是否存在这样的暗示,但故事不可能是平白无故的幻想。它至少警示美国青少年两点人生哲理：居安思危和强者为王。

最后是叙事艺术体现的政治性。政治的最基本定义就是争取让所有人，特别是弱势群体的人，获得起码的、受尊严的生存权。美国青少年小说的政治性是不言而喻的。细读这些小说，人们至少能了解美国对阿富汗战争、校园枪杀问题、毒枭问题的典型情景。

当然，文学作品不是政治宣传物。只是相关作家在作品中对自我倾向的自然流露而已。例如，《追风筝的人》讲述阿富汗的故事，它就来自作家亲身的经历。《知更鸟》是讲述校园枪杀案的小说，它来自一个亲自参与调查校园枪杀案的女律师之手。毒枭问题和克隆人的故事可能想象情节较多，但并未脱离现实。即使取材印度的《无家可归的小鸟》也有一点政治性，那里的妇女权利有待改善。

在新叙事学的大潮下，美国青少年小说的叙事艺术是多元的，也特别在意叙事的时空变化。小说《天降》系列中的人物常在高空飞腾，那里真是高处不胜寒。而且人物还可以风餐露宿，忍饥挨饿，所以女童奥德拉告诉男童维恩说，他们两个都不是凡人。但只要他们回归地面，他们又恢复为凡胎，仍然害怕遭受到酷热的煎熬。又如，在《挑战者深渊》中的主人公卡登，为了挽救全船人员的生命，不得不潜入地球最深处的一万一千米的马里亚纳海沟，而让他脱险的宝物是一个女孩给他的蓝天的拼图。在特定时空背景下，小说中的人物群像，都在各种环境中争取最起码的生存权，这就是美国青少年最应该了解的真正的人权知识。小说中的人物群像就是生动的人权资料库。

第一节　21世纪美国青少年小说与青少年认知发展

　　相对于世界文学研究的蓬勃发展,目前国内对美国青少年小说的研究,由于受到版权和发行等原因的影响,仍处于相对薄弱的环节,特别是对21世纪美国青少年小说的研究则少之又少。同时目前国内对美国青少年小说研究多偏向于针对某一部小说作品进行纯文本探讨,如评论某部小说的主题思想、叙事特点以及艺术成就等等,而忽略了从多学科的角度较宏观地研究青少年文学作品对青少年成长的影响。本节旨在通过对21世纪美国青少年小说与青少年认知发展的相互构建作用以及认知发展在青少年文学中的文学表达形式进行探讨,结合分析21世纪美国复杂多变的社会背景,为多维视角研究美国青少年文学提供一次有意义的尝试。

一、青少年小说与青少年认知发展的相互构建

　　自从20世纪30年代美国青少年文学作为一种独立文学类型在美国初步确立至今,美国青少年文学已历经了从开端、演变到日益成熟的发展历程。作为美国青少年文学各种文体中最主要的体裁类型,美国青少年小说代表着美国青少年文学的发展方向和艺术成就,对青少年成长具有深远和广泛的影响。经过半个多世纪的发展,美国青少年小说作为专门为12岁至18岁的青少年创作、出版和营销的文学作品已广被出版界、学术界和消费市场所接受和认可,并且形成了有别于成人小说的独特的文本特征:第一,以青少年为中心人物,主要以青少年的视角和声音叙述故事;第二,小说的叙事节奏较快,且情节的时间跨度较短,常常是一个假期、学期或某段特定的时期;第三,小说的篇幅往往较短,一般在200页左右;第四,小说的语言清晰简洁、坦诚直白,常使用青少年在日常生活中的口语体;第五,小说的结局常体现出一定的乐观精神,蕴涵着人生新的希望;第六,在题材和内容方面,小说主要探讨青少年在精神、情感、智力等方面的成长话题或揭露他们自身存在的

各种问题。①青少年小说独特的文本特征有益于文学作品通过青少年读者容易接受理解的文学表达方式传递社会知识和社会伦理，把理性认识感性化，以青少年读者喜闻乐见的方式影响和感动青少年读者，促进他们的认知发展。

美国著名社会心理学家和发展心理学家大卫·谢弗（David Shaffer）在《发展心理学——儿童与青少年》（*Development Psychology：Childhood and Adolescence*，2013）一书中定义认知是"指人类获取并运用知识解决问题的求知活动和心理过程。认知过程有助于人们理解和适应周围环境，它主要包括注意、知觉、学习、思维和记忆"②。认知发展是青少年成长的重要内涵，没有青少年对社会、自然和自我等方面的认知发展，就不可能有真正意义上的成长。

青少年小说和青少年认知发展之间存在着相互构建的关系。一方面，认知发展丰富的内涵成为小说创作必不可少的素材。同时青少年认知发展的心路历程可以成为小说的叙事动力，推动着小说叙事情节的发展。认知发展过程也可以建构小说的叙事单元，即小说叙事链上的一个个"事件"，使小说人物和故事的众多细节都充满认知意义。另一方面，优秀的青少年小说对青少年的认知发展起着积极的推动作用，可以通过艺术的形式扩展和提高他们对社会、自我、情感、环境、道德和智慧等方面的认知。

21世纪青少年认知发展领域较以往任何时候都更博大，因此小说创作题材也更丰富。以往许多青少年文学中的题材也被大胆突破，体现出新现实主义文学的特征。青少年文学创作者们普遍意识到：少年儿童在成长过程中必须全面了解生活，包括生活中的困难，非正常现象和黑暗面。因此，许多话题，例如城市暴力、酗酒、吸毒、艾滋病、同性恋、恐怖主义以及枪支管理失控等社会热点纷纷进入了21世纪美国青少年小说创作的主流。创作的突破得以使青少年通过文学作品形象地感知新的社会矛盾，为踏入社会提前获得社

---

① 单建国，张颖 . 20世纪60年代以来的美国青少年小说概述 [J]. 广西社会科学，2012(1)：28.

② 芮渝，萍范谊 . 青少年成长的文学探索：青少年文学国际研讨会论文集 [M]. 北京：外语教学与研究出版社，2011：263.

会认知。

　　而社会认知是青少年认知发展的第一个维度，也是最重要的一个维度，是所有人类关系的基础。它包括对他人和社会的认识和态度，以及相应的社会能力和社会调适能力的发展。进入 21 世纪后，美国社会进一步由工业社会向信息社会发展，全球化以及日新月异的高科技在造福人类的同时也给美国社会带来了各种社会矛盾和困惑。"911"恐怖主义袭击事件的发生以及美国国内长期以来存在的种族冲突和移民问题弥散于美国社会政治领域的各个方面。2007 年席卷美国乃至世界的"次贷危机"以及由此而带来的贫富分化加剧和社会不公日益严重等后果成为当下美国社会面临的重大挑战。在新时代语境下，社会变迁一方面给青少年认知发展带来了新课题，另一方面又大大拓展了美国青少年小说的创作题材和思想主题。文学题材禁忌的解除，实现了青少年小说和青少年认知发展之间的无间距的相互构建。

　　当然优秀的文学作品对青少年认知发展各个层面的影响并不是片面孤立的，而是整体相辅相成的。正确的社会认知可以促进青少年反思社会现象，以社会为"镜子"反观自我。通过反思和反观完善青少年的洞察力和理解力，达到对自我的个性、需求、身份、理想、地位、优缺点等认知。在自我认知的基础上可以实现情感认知，包括对自我情感和他人情感的体察和理解。因为追求真善美，必然会对社会丑恶和负面情感实行零容忍。智慧认知，它包括个体理解能力、思辨能力、表达能力、获取知识和解决问题能力等。这几乎囊括青少年求知认识的基本渠道。道德认知，即对现实道德关系和道德规范的认识，包括人的同情心、正义感和公平公正意识等。环境认知则是指人对其所处的自然环境和人文环境的感知和认识。21 世纪美国青少年优秀小说在传承和巩固传统青少年小说文本特征的基础上呈现出主题多元共生的发展格局，全方位多层次地展现了 21 世纪社会文化的发展和变迁，极大地丰富了青少年认知发展的视野，对当今美国青少年的成长发挥着积极的影响。同时消极面题材进入青少年小说的创作领域，并不意味着文学的式微，反而体现了文学鲜明的时代特征和旺盛的创造力，这一点可以从 21 世纪涌现出的大量文学艺术高品质的青少年小说作品中看出。

二、认知发展在 21 世纪美国青少年小说中的文学表达

要理解认知发展对文学表达的功能,可以借鉴加利福尼亚大学的认知心理学教授、心理学系主任雷蒙德（Raymond）的一段论述。他从认知和社会心理学的角度看待文学创作,坚持认为人类的认知在本质上是由"诗学"的加工而形成的,诸如隐喻、讽刺、转喻等修辞,可以看成是将各种不同经验水平进行概念化的基本策略。[①]这里值得注意的是雷蒙德教授特别强调了认知发展中以隐喻为主的文字加工策略。同时由于隐喻的理解过程是动态的,所以,从不同的视角出发,它便存在多种特定的意义域。因此,笔者认为认知发展在 21 世纪美国青少年小说中的文学表达,也可粗略地分为三个意义域。

第一,社会环境意义域。21 世纪美国复杂多变的国内外环境,使得 21 世纪青少年小说在题材上呈现出多元文化性和浓厚的时代气息感,为青少年认知发展提供了渴望了解"他人"的隐喻性精神食粮。特别是揭露种族歧视、反思校园惨案、维护宗教信仰、国家安全和应对恐怖主义等等素材都高调地进入了 21 世纪美国青少年小说的创作视野。如非裔美国作家米尔德里·德·泰勒（Mildred D. Taylor）2002 年获得考瑞塔·斯科特·金图书奖的获奖小说《土地》叙述了小说主人公混血儿保罗·爱德华,虽然和其白人父兄生活在一起,却始终被视为下等黑人,受到侮辱和歧视。2000 年美国"国家图书奖"提名青少年小说《多块石头》则通过描写 16 岁主人公贝莉的南非之旅,揭露了种族隔离的罪恶。其次,还有一些小说反映了异域文化中人们的生活。如 2001 年美国"国家图书奖"获奖小说《无家可归的小鸟》向我们叙述了一个印度女孩悲欢离合、自强不息的故事。美籍阿富汗作家卡勒德·胡赛尼（Khaled Hosseini）的小说《追风筝的人》则通过描述主人公阿米尔所经历的友谊、背叛和救赎之路,展现了风云变幻的阿富汗社会历史和变迁。2004 年第 55 届美国"国家图书奖"获奖小说,皮特·霍特曼（Pete Hautman）的《无神论》（*Godless*，2005）则描述了一群少年推崇水塔为神

---

① Raymond W. Gibbs,Jr. "A New Look at Literal Meaning in Understanding What is said and Implicated" [J]. Journal of Pragmatics 2002 (34)：457-486.

灵,歌颂水是生命的源泉。小说主人公杰森·博克(Jason Bock)坚持自己的人生信念,反映美国人信仰观所具有的多元凝聚力。

同时当今的许多最新热点事物,如信息爆炸、消费文化、克隆技术等等,也成为作家创作的素材。如2002年美国"国家图书奖"获奖青少年小说《蝎子之家》则涉及克隆技术和器官移植,指出科技的不道德运用可能带来的危害。21世纪许多优秀作品也紧跟时代步伐,反映当代的历史事件,如曾两度荣获普利策奖的美国作家约翰·厄普代克(John Updike)2006年创作的小说《恐怖分子》(*Terrorist*)直接关注后"911"后的美国社会。该作品以一个普通少年如何被卷进恐怖组织的行动计划,如何心甘情愿地去充当自杀和杀人的人肉炸弹为故事线索,深刻反思美国社会,揭示了当代美国现实生活中存在的信仰问题。

第二,叙事动力意义域。小说多以日记、回忆录等形式,使主人公的认知发展心路历程成为小说故事情节的发展过程,推动着小说的叙事发展。如美国作家薛曼·亚历斯2007年美国"国家图书奖"获奖小说《我就是要挑战这世界》,通过日记方式,塑造了具有颠覆白人话语霸权的小人物形象。小说叙述了14岁的印第安少年阿诺面对亲情、友谊、爱情、梦想等一系列问题的成长心路历程。主人公阿诺天生长有四十二颗牙齿,比正常人多出十颗。他来到白人开办的"印第安人医疗服务中心"拔牙,因为这家服务中心一年只为印第安人提供一次看牙机会,可怜的阿诺不得不在一天内拔掉多余的十颗牙齿。更可恶的是"白人牙医认为印第安人疼痛的敏感度只有白人的一半,因此他只给我们印第安人使用一半的麻醉剂"[①]。面对种种歧视和误解,阿诺则怀着一颗宽容的心,勇敢地面对挑战,克服了种种困难,最终实现了人生和自我的价值。

2008年美国"国家图书奖"青少年小说奖得主朱迪·布兰德尔在小说《我之所见,我之所谎》中描述15岁的少女艾薇和漂亮的母亲贝弗莉(Beverly)一起,跟随刚从二战欧洲战场归来的继父乔前往佛罗里达度假,在

---

① 薛曼·亚历斯. 我就是要挑战这世界 [M]. 卢秋莹,译. 西安:陕西师范大学出版社,2010:3.

那里艾薇爱上了继父的战友,英俊的彼得·科勒律治。但随后发生的一起划船事故和彼得的离奇死亡迫使艾薇重新审视自己与父母及彼得的关系。当她意识到自己可能一直生活在谎言中时,她决心找出谎言背后的真相。然而逐渐清晰的真相却让艾薇陷入了必须在父母和恋人之间做出抉择的两难境地。小说主人公艾薇绞尽脑汁想弄明白大人们所作所为背后的复杂动机,在这个过程中,她经历了从懵懂无知到欲望横生、从充满偏见到公正客观的变化,并从混乱的家庭关系中获得了一种充满感伤但又经得起时间考验的认知智慧。

2011 年美国"国家图书奖"获奖青少年小说《十岁那年》的故事取材于作者的个人经历。小说主人公金河出生在越南,1975 年越战爆发后,她离开了熟知的家乡西贡市和邦里热闹的市场、各式各样的传统,以及热情的朋友和自己喜爱的木瓜树,与家人一起移民美国。然而迎接她的是一个令人失望的世界:冷漠的人们、无趣的食物、奇怪的景物。故事的隐喻之处在于通过一个小姑娘的视野,让人们看到她在移居新国家时的变化、梦想和悲伤。

第三,叙事单元意义域。叙事单元是指组成小说叙事链上的一个个"事件"或"事物"等隐喻对象,认知发展过程作为小说的叙事单元使小说人物和故事的众多细节都充满认知意义。如小说《无家可归的小鸟》描写一个 13 岁就被迫和身患重病男孩结婚的印度小女孩科丽,如何经过自我奋斗,最终逃脱了凶恶家长的控制,成为女中豪杰的故事。故事中的每一个"事件",如懵懂成婚、成为寡妇、被婆婆遗弃、在织锦厂工作、新的恋情以及最后的幸福归宿等等都能使青少年读者从中顿悟到某种人生的哲理:童婚与包办、习俗与守旧、贫穷与落后、封闭与开放、城市与乡村、挣扎与奋斗等等基本的人生课题。同时小说还通过一个个的叙事单元启示美国青少年应该像小说主人公一样,要凭自己的实力,重新铸造自己的未来。要像小说中女主人公绣出美丽织锦一样,给时间的锦缎缝上了自己的一针。

---

① Melanie D. Koss, William H. Teale. "What's Happening in YA Literature? Trends in Books for Adolescents" [J]. Journal of Adolescent & Adult Literacy, 2009, (7): 568.

三、21世纪美国青少年小说对青少年认知发展的影响

与以往任何时代的青少年相比，今天的青少年读者思想越发成熟，他们的阅读欣赏能力和认知接受程度也在逐步提高。那种以浪漫故事单一情节为主的传统青少年小说已难以满足他们求真、求善的阅读心理。读者需求的变化使得21世纪青少年小说情节更加复杂，人物形象更加丰富，作品的意识形态、现实主义因素更强。同时小说的语言风格也从率真、直白转向充满象征、隐喻和暗示性的艺术语言。[①]这也使得21世纪美国青少年小说作品具有更高的文学价值和艺术品质。小说作品往往以主人公的认知发展经历为叙事动力，通过艺术地展现主人公成长的困惑、环境的考验、对自我身份与价值的思考以及调整自我与社会关系等经历，为青少年成长提供良好的参照和必要的间接经验，引导青少年不断完善自我，积极寻找生命的意义并获得成长的智慧。同时小说作品对青少年认知发展的影响也不再是单一的而是多维立体的，往往一部优秀的作品能从认知发展的各个层面开阔青少年读者的视野，帮助他们认识社会，了解人生，洞悉理解现实世界的种种现象，并且潜移默化地体验和领悟成长，完成青少年从"自然的人"向"社会的人"的转化。换言之，这种转化可以概括为以文学的形象化思维和艺术感染力，帮助青少年逐步地实现对社会现实的"元认知"。

"元认知"这一术语最初是由美国儿童心理学家约翰·弗拉威尔（John Flavel）于20世纪70年代初提出的。他在1981年又把它定义为："反映或调节认知活动的任一方面的知识或认知活动。"[①]一般都认为"元认知就是对认知的认知"，其实质是认知个体对自身认知活动的自我意识和自我调节，它包含三个部分：元认知知识（对认知活动过程、结果及相关信息的认识）、元认知体验（伴随认知活动而产生的情感体验）、元认知监控（主体对认知活动的监控与调节）。[②]

例如，科技进步对人类发展的影响是二元性的。按照流行的观点，青少年

---

① 阮周林. 二语写作元认知知识与写作思维能力培养 [J]. 中国外语，2011(3)：46.

② 郝玥，王荣华. 元认知理论及其对学生学习的影响 [J]. 山西财经大学学报，2007(1)：58.

一般都认为科学技术都是公正无私的。如果对这一思维模式提出挑战,揭示它的消极面,自然便是对自我意识的调整,这也是作家义不容辞的社会职责。通常,外星人、克隆人、机器人等人类异化现象是青少年们在诸多媒介物中接触最多的恐怖性载体。因而读者几乎在事先就有了这方面的特定的"元认知知识"。但是在以往的小说创作中,这些异化人主要呈现在刀光剑影的仇杀情节中,而如何深入揭示他们为价值观而斗争的内心世界,就需要通过作品来展现,才能帮助读者达到预期的"元认知体验"的目的。

美国作家南希·法默 2002 年获得美国"国家图书奖"的青少年小说《蝎子之家》就是一部足以唤起读者心灵共鸣的堪称天才的小说。小说通过描写一位为挽救处于病危而急需克隆心脏的大毒枭阿尔·帕特隆的罪恶生命而克隆出的备用活体人马特,如何在充满敌意同时又喧嚣纷乱的世界里努力探求生存的权益和自我价值的传奇故事,探析了克隆技术给人类带来的道德与伦理的困惑,肉体与灵魂的冲突以及生命的本质和价值等主题。在小说中,作者不仅绘声绘色地讲述了马特在毒枭帝国的困境中出生和生存的磨难细节,揭示他对追求自由和独立身份认可的渴望,在探讨科技给人类带来的道德伦理的困惑同时,也通过马特自我拯救的故事,深刻阐明了只要价值观选择正确,人类终究能够摆脱科学的孽债,让科学回归造福于人的沧桑正道,而这一切取决于人类对待复杂人性、生命本质的态度。以科幻外衣为掩护,在现实主义的基础之上,作者特意将故事的发生地点定在美国与墨西哥交界的广袤的土地之上,直接指出金元帝国乃是一切贪婪与罪恶之源,从而否定了科学进步必然被附加"唯利是图"的不白之冤。青少年读者通过阅读与文学作品互动,积极参与对事物本质的深度认知与思考,特别是对科学属性二元化的思考,逐步进入元认知的第三阶段:"元认知监控",从而最终实现对社会现实的全面认知。

结束语

21 世纪的美国青少年仍然像他们的前辈一样,在光芒四射的星条旗下做着美丽的幻梦。但复杂多变的社会环境,促使他们要多途径地不断认知自己的现实和未来,不断地完善自我,获得成长。蓬勃发展的美国青少年文学,特别是 21 世纪开放多元的青少年小说创作格局,给他们提供了别具一格的参照镜子。在新千年世纪之交的十余年里,美国青少年小说创作优秀作品不断迭出，群星大量涌现，为积极塑造青少年的世界观和情操修养提供了良好的认知营养和借鉴经验。全面评介 21 世纪美国青少年小说与青少年认知发展的最新轨迹，有助于我们理解当代美国青少年小说发展的方向、时代背景和文学意义，进而有益于我们更深入地了解青少年成长。

第二节　从创伤到复活：

试用空间理论解读《追风筝的人》中的创伤叙事

美籍阿富汗裔作家卡勒德·胡赛尼于 2003 年出版第一部小说《追风筝的人》，可谓大获成功。小说不仅获得各项新人奖，而且蝉联亚马逊图书畅销榜 131 周之久。2006 年卡勒德·胡赛尼荣获联合国人道主义奖，并受邀担任联合国难民署亲善大使。小说《追风筝的人》讲述了喀布尔富家少爷阿米尔和男仆兼玩伴，同时还是同父异母的亲兄弟哈桑的故事。小说将阿富汗君主制的终结、塔利班当权、"911"等政治事件作为社会时空大背景，在此背景下，主人公的成长经历了五味杂陈的人间洗礼。

家庭是卡勒德·胡赛尼创作的重要主题。家庭是社会的缩影，而社会则是众多家庭的综合性放大。从家庭辐射到社会，这种空间运动如同宇宙云层的滚动，几乎神奇莫测。小说从特定个人的童年和青少年的成长经历去探讨家庭和社会冲突，尤其是发生在神秘的阿富汗的经历，必然会拨动文明世界大多数人的心弦。本书试图运用空间理论剖析《追风筝的人》的创伤叙事特色。

一、社会空间与创伤因素

阿富汗是一个多灾多难的国家，既是诸多帝国的坟场，又是深受战乱祸害的本国人民无法割舍的家园。这里发生的一切，成为创伤文学的难舍题材。

文学意义上的"创伤"一词，最初源于希腊语"traumatize"，意思是

"伤口"，是"刺穿的皮肤，躯体的破裂"。① 在《超越快乐原则》（*Beyond the Pleasure Principle*，1995）一书中，弗洛伊德（Freud）将"创伤"定义为对一种蒙难后精神状态的描述："一直以来，大家知道产生在严重的机械事故、铁路灾难，以及其他可能危及生命的突发事件之后的人们所处的一种精神状态，并对其进行了描述。这种精神状态被命名为'创伤性神经官能症'。……创伤性神经官能症患者总是梦见事情发生时的情景，这种情景使患者一次又一次从恐惧中醒来。人们对这种现象没有感到惊异，他们认为创伤经历反复出现在患者的睡梦中说明了创伤经历的影响巨大：正如人们所说，患者被定格在其创伤上。"② 而阿富汗人民则是创伤噩梦的经历者。

经过一个多世纪的研究发展，如今"创伤"已成为文化批评和文学理论的一个关键术语。在《沉默的经验：创伤、叙事和历史》（*Unclaimed Experience: Trauma, Narrative, and History*，1996）一书中，美国学者凯西·卡鲁斯（Cathy Caruth）把精神分析方法运用于对历史暴力事件的叙述，将"创伤"定义为"一种突如其来的、压倒性的、对暴力事件无法回避的反应。人们对于这一事件的反应往往是延宕的、无法控制的，并通过回想、噩梦或其他闯入的方式反复出现"③。例如，1972年2月26日清晨，美国西弗吉尼亚州煤矿区布法罗河（Buffalo Creek）上的大坝突然坍塌。短短数秒内，几十万立方米的污泥黑水呼啸而下，瞬间吞噬了阿巴拉契亚山脉下的居民区。此次灾难事件对受害者产生的创伤巨大。在研究该事件时，心理学家凯·埃里克森（Kai Erikson）在著作《荡然无存》（*Everything in its Path*，1976）中首次提出了"个体创伤"和"集体创伤"的概念：

---

① Garland，C. Understanding Trauma: A psychological approach[M]. London: Gerald Duckworth & Co. Ltd.，1998:9.

② Freud，Sigmund. Beyond the Pleasure Principle，Group Psychology and other Works[M]. London: The Hogarth Press，1995: 12-13

③ Caruth，C. Unclaimed Experience: Trauma，Narrative，and History[M]. Baldimore: Johns Hopkins UP，1996:27.

我所说的"个体创伤"指的是对心理的打击,它突然突破了一个人的防线,力量如此之大,以至于一个人无法对它作出有效的反应……而"集体创伤"则是指对社会生活的基本组织的打击,它破坏了连接人们的纽带,损害了普遍的社会意识。集体创伤是慢慢地甚至是潜移默化地进入受创者的意识,所以它并不具有通常与"创伤"相关的突发性。但它同样是一种冲击,是一种逐渐意识到群体不再是有效的支持来源。此时自我的一个重要部分已经消失……①

阿富汗发生的一切,则几乎是用千万倍的事例丰富了上述定义。通过第一人称叙事视角,小说《追风筝的人》将主人公阿米尔从背叛到自我救赎的个人创伤经历与阿富汗人民在种族冲突和民族纷争背景下所遭受的集体创伤交织在一起,呈现了战争对人民的伤害以及痛苦之后的心灵重建。阿米尔的救赎行为,以及小说真实反映出的阿富汗普通民众在战争中的可怕遭遇,为丰富"创伤叙事"提供了一个不可多得的范本。

诚然,时间和空间是一切故事演变的大背景。但西方人文科学界曾经对它们有过偏重的选择。法国近代思想家福柯(Foucault)在《关于其他空间》(*Of Other Spaces*,1967)一书中提到,19世纪特征之一是对历史的迷恋,对发展、悬置、危机、循环、过去、人的死亡等与时间相关的主体的关注,而20世纪末的当代则似乎预示着一个空间时代的到来。他认为,我们正处于一个同时性(simultaneity)和并置性(juxtaposition)的时刻:我们所经历和感觉的世界更可能是一个点与点之间互相连接,团与团之间互相缠绕的网络,而更少可能是一个传统意义上经由时间长期演化而成的物质存在。②

法国学者亨利·列斐伏尔(Henri Lefevre)出版《空间的生产》(*The Production of Space*,1991)一书,对空间有了更深入的论述。他把空间看

---

① Erikson,K. . Everything in its path[M]. New York:Simon and Schuster,1976:153-154.

② 爱德华·W.苏贾. 后现代地理学——重申批判社会理论中的空间 [M]. 王文斌,译. 北京:商务印书馆,2004:10.

③ 亨利·列斐伏尔. 空间的生产 [M]. 刘怀玉,译. 北京:商务印书馆,2021:83.

成社会行为的发源地。他认为："'社会空间'并非众多食物中的一种,亦非众多产品中的一种……它是连续和一系列操作的结果,因而不能降格成为某种简单的物体……它本身是过去行为的结果。社会空间允许某些行为的发生,暗示另一些行为,但同时禁止其他一些行为。"③同时他又将社会空间看成是三个空间等级或规模的支架。这三个空间是指全球范围、国家范围、都市范围,都市范围。他认为:"我们所面对的并不是一个,而是许多社会空间。确实,我们所面对的是一种无限的多样性或不可胜数的社会空间……在生成和发展的过程中,没有任何空间消失。世界范围并不弃绝当地范围。"①

其实,空间理论就是解释人与人的空间关系,也就是指人与人的竞争。英国哲学家托马斯·霍布斯(Thomas Hobbes)说:"一切伤害源于竞争。在竞争中可以看出个人的品质。主要的品质不是指一般的行为端正有礼等细枝末节,而是指在有关团结与和平中共同生活的人类品质。"②

于是,空间理论使《追风筝的人》中的诸多关系跃然纸上。一个忠实的男仆和玩伴为何形影不离地在喀布尔这个都市里拼命地为阿米尔追逐风筝,结果却遭到诬陷和遗弃?为何同样是阿富汗人,会出现阿米尔、阿塞夫、哈桑和索拉博等品行各异的人?逃离阿富汗而最终成为美国作家的卡勒德·胡赛尼如何从全球化的角度看待自己祖国的未来?总之,回避社会空间范围,就无法真切了解社会创伤的前因后果。

二、城市空间与阿米尔的"个体创伤"

何谓都市空间?要点就是都市实践。简而言之,空间是被实践了的地点。换言之,城市实践者的故事就是矛盾发生、发展和终结的鼓点。

且看喀布尔居民的多重矛盾,是如何集中体现在小说中的。小说清晰地指出,风筝比赛,是阿富汗人的显性民族文化象征。每年冬天,喀布尔的各个城区会举办风筝比赛。因为斗风筝是阿富汗古老的风俗。而风俗是民族文化

---

① 亨利·列斐伏尔.空间的生产 [M].刘怀玉,译.北京:商务印书馆,2021:85.

② 托马斯·霍布斯.利维坦 [M].黎思复,黎廷弼,译.北京:商务印书馆,2010:72.

的历史沉淀。按照风俗,在放飞的风筝中若有被割断放飞线而飘落的,被追风筝的人抓住,没有人能将它拿走。但在阿米尔12岁那年,这个风俗被恶意践踏了。所以放风筝比赛更是隐性的权势搏斗场所,在喀布尔,斗风筝跟上战场有点相像。

在阿米尔的视角里,风筝比赛的战场,就是他少儿时期的生命空间。小说一方是以他父亲为代表的家族势力,另一方是以混血恶少阿塞夫(Assef)(他母亲是德国人,他本人极度崇拜希特勒)为代表的恐怖暴力。而自始至终的受害者是以哈扎拉人阿里(Ali)和哈桑为代表的阿富汗最底层的劳苦大众。

小说有意将阿米尔的父亲塑造成喀布尔市一个富有阶层中有勇有谋、敢作敢为的有产业者。他继承了阿米尔爷爷作为职业法官的正义感,四十年如一日地坚持把出身低贱部族的哈扎拉人哈桑的爸爸阿里收养在家,视同手足。他有经商资本,致富后迎娶了一位身为王室远亲的大学女教师为妻。他还具有兴办喀布尔孤儿抚恤院的雄才大略。家中豪宅在喀布尔首屈一指,朋友遍及喀布尔。父亲深爱阿米尔,也特别关照哈桑。他唯一做的缺德事是偷偷奸污阿里的漂亮老婆而生下哈桑,忠实的阿里却帮他隐藏了这个天大的秘密。父亲是个矛盾的人,平日教导阿米尔,偷盗是万恶之首,而他却犯下最卑鄙的偷盗罪。

风筝决赛的另一方是恶少阿塞夫。他身材比其他孩子都要高大。特别可怕的是他那臭名昭著的不锈钢拳套,谁都不愿意尝尝它的滋味。阿塞夫凶残成性,恶名远扬,人们总是避之唯恐不及。他身旁有群为虎作伥的党羽,走在附近的道上,宛如可汗在阿谀奉承的部属陪伴下视察自己的领地。他说的话就是法律。当阿塞夫和党羽发现他们的蓝色风筝被阿米尔的玩伴哈桑机智而勇敢地夺得后,竟然合伙把哈桑堵在一个死胡同里,将哈桑暴打致伤。哈桑投出石块反抗,决不妥协,最后仍然把蓝风筝带回给了阿米尔。

令人深思的是,阿塞夫为什么最终放弃了蓝色风筝呢?而且还主动参加阿米尔父亲举办的具有庆功性质的阿米尔生日宴会呢?这是阿塞夫精心设计的离间计,因为阿塞夫很害怕阿米尔和哈桑的力量结合。阿塞夫不仅要在肉体上击垮哈桑,更要从精神上彻底击垮怯弱而又有虚荣心的阿米尔。阿塞夫警告哈桑,说他不可能是阿米尔的朋友。同时还要阿米尔主动摆脱哈桑。特别是阿塞夫两次遭到哈桑的弹弓和石块的教训,深知这个忠心仆人是阿米尔的左膀右臂。反之，哈桑和哈扎拉人一旦得到阿米尔家人的支持，会直接威胁统治阶层的切身利益。由于阿塞夫家和上台的达乌德总统有交往，他对阿米尔说阿富汗是普什图人的地盘。阿塞夫会恳求总统派军队清除所有肮脏的哈扎拉人。不幸的是，阿米尔中了阿塞夫的圈套。由于阿米尔一直执迷于自己的上流少爷身份，斤斤计较父亲对哈桑的喜爱，在这次风筝比赛中暴露出了性格的软弱和自私，忘恩负义地使用卑劣手段加害阿里和哈桑父子，说他们偷窃了他的生日礼物。从此，阿米尔背负了沉重的心理创伤。但庆幸的是，阿米尔后来敢于直面自己的过错，并且领悟到千百年留下的民族矛盾早被恶势力利用。

一切恶势力只是权势的一个侧面。英国哲学家霍布斯对此有清晰的论述："人的权势普遍讲来就是一个人取得某种具体利益的现有手段，一种是原始的，另一种是获得的。"[1]普什图人在阿富汗有原始的权势，但还不够。他们绝不会让给哈扎拉人一丁点。而财富、荣誉、统治权或其他权势的竞争，使人倾向于争斗、敌对和战争，因为争斗的一方达成其欲望的方式就是杀戮、征服、排挤、驱逐另一方。

风筝赛引发的血腥的权势之争的挑起者是阿塞夫，而阿米尔最终意识到这一点已经是多年之后了。长期被忽视的受伤者则始终是哈桑父子为代表的哈扎拉人。即使后来阿米尔努力拯救索拉博，也是因为索拉博已经证实是自己亲侄子，属于普什图人，而不是哈扎拉人。

阿米尔承受的个人创伤让他苦不堪言，他因懦弱和背叛带来的心灵创伤困扰着他后半生的生活。小说一开头就如此描述："我站在厨房里，听筒贴在耳朵上，我知道电话线连着的，并不只是拉希汗，还有我过去那些未曾赎还的罪行。"[2]创伤后应激障碍（PTSD）症状，如噩梦、回避、过度警觉、失眠、心神不宁等不时出现："我想起哈桑的梦，那个我们在湖里游泳的梦。那儿没有

---

① 托马斯·霍布斯. 利维坦 [M]. 黎思复，黎廷弼，译. 北京：商务印书馆，2010：62.

② 卡勒德·胡赛尼. 追风筝的人 [M]. 李继宏，译. 上海：上海人民出版社，2022：1.

③ 卡勒德·胡赛尼. 追风筝的人 [M]. 李继宏，译. 上海：上海人民出版社，2022：85.

④ Terr, L.. Too scared to cry : Psychic Trauma in childhood[M]. New York : Harper & Row, 1990: 8.

鬼怪。他说，只有湖水。但是他错了。湖里有鬼怪。它抓住哈桑的脚踝，将他拉进暗无天日的湖底。我就是那个鬼怪。从那夜起，我得了失眠症。"③

资深精神病学家莉诺·泰若（Lenore Terr）在研究儿童创伤时曾写道："当一个突如其来的、意想不到的、压倒性的强烈打击或一系列打击从外部袭击人时，就会发生精神创伤。创伤事件是外在的，但它们很快就会融入人的心灵"。④可喜的是，创伤经历对阿米尔的心理也产生了巨大的积极影响，愧疚之心使阿米尔难以忘怀和哈桑的形影不离的岁月："小时候，爸爸的房子有条车道。边上种着白杨树。哈桑和我经常爬上去，用一块镜子的碎片反射把阳光反射到邻居家里，惹得他们很恼火。在那高高的树枝丫上，我们相对而坐。没穿鞋的脚丫晃来荡去，裤兜里满满是桑葚干和胡桃。我们换着玩那破镜子，边吃桑葚干，边用它们扔向对方，忽而吃吃逗乐，忽而开怀大笑。"①同时阿米尔由于愧疚而自责："我想告诉他们，我是草丛里的毒蛇，湖底的鬼怪。我不配他作出的牺牲。我是撒谎者，是个骗子，我是小偷。……高兴的是因为这一切很快就要终结了，爸爸赶走他们，也许会有些痛苦，但生活会继续。那是我所要的，要继续生活，要遗忘，要将过去一笔勾销，从头来过。我想要能重新呼吸。"②自责是阿米尔慢慢救赎之路的开始，这也为多年之后阿米尔从美国返回阿富汗，凭一己之力救出哈桑的儿子埋下了伏笔。

三、国家空间与阿富汗人民的集体创伤

正常的国家空间，是指国家的行政管理能力。尤其是对生产、生活的掌控能力。亨利·列斐伏尔认为："国家与空间的关系……真正变得日益紧密：国家的空间角色……越来越明显。行政与政治国家机制不再仅仅满足于以抽象的方式（如果确实有的话）干预资本的投入……今天，国家和它的官僚及政治机制继续干预空间，并利用空间的工具层面，以便在各个水平上通过经济领域的每一个方面实行干预。"③ 但小说中的阿富汗历经数十年的战乱，

---

① 卡勒德·胡赛尼. 追风筝的人 [M]. 李继宏，译. 上海：上海人民出版社，2022：3.
② 卡勒德· 胡赛尼. 追风筝的人 [M]. 李继宏，译. 上海：上海人民出版社，2022：103.
③ 亨利·列斐伏尔. 空间的生产 [M]. 刘怀玉，译. 商务印书馆，2021：134.

几乎算是彻底丧失了这种正常的国家空间,而是产生了动荡的国家空间。阿米尔回到阿富汗去拯救哈桑的儿子索拉博时,终于与阿塞夫进行了一场殊死拼搏。这已经不是两个人之间的恩仇了结,几乎完全是两个人在国家观念上的较量。

当时索拉博已经被阿塞夫控制。阿塞夫咒骂阿米尔逃离阿富汗的叛国行为,威胁可以用叛国的罪名逮捕阿米尔。当然,他们之间可谓是国恨家仇纠缠在一起。因为两个人已经有不同的国家背景。在阿富汗,阿塞夫的话就是法律,在这个特定空间里,争夺索拉博就是在国家空间之内的庄严行为。作为美国作家,加上心怀正义感,阿米尔有生以来首次显示出强大的勇气。在阿塞夫发起挑战后,面对阿塞夫可怕的不锈钢拳套,阿米尔拼死和他交手。几个回合下来,阿米尔的下巴被打歪,七根肋骨断裂,鼻子和喉咙剧痛,但他大笑不止。他笑得越痛快,阿塞夫就越起劲地踢他、打他、抓他。在危急关头,是索拉博用弹弓把铜球击中阿塞夫的眼珠,他们才在阿塞夫的惨叫中逃脱。在和阿塞夫的打斗中,尽管阿米尔浑身是血,他却觉得"我体无完肤……但我心病已愈。终于痊愈了。我大笑"①。

在寻找索拉博的艰辛过程中,阿米尔见证了在阿富汗发生的无数恐怖悲惨的事情。战争对阿富汗人尤其是阿富汗儿童的集体创伤在小说中描写得淋漓尽致。读者可以悲痛地看到呈现战争创伤的令人难忘的画面:一个男人为了养活自己的孩子,铤而走险,试图在市场上卖掉自己的假肢;树上悬挂着尸体;逃亡途中有人绝望地自杀。死亡弥漫在每一个角落,就像哈桑给阿米尔的信中说的那样:"你少年时的那个阿富汗已经死去很久了。这个国家不再有仁慈,杀戮无从避免。在喀布尔,恐惧无所不在,在街道上,在体育馆中,在市场里面;在这里,这是生活的一部分,阿米尔少爷。统治我们祖国的野蛮人根本不顾人类的尊严。"②总之,小说中的阿富汗国家空间完全没有正常国家的生产和生活行为,只有集体创伤的各种惨状。

"集体创伤"是指由任何群体(包括整个社会)共同承担的创伤性心理

---

① 卡勒德·胡赛尼.追风筝的人[M].李继宏,译.上海:上海人民出版社,2022:279.
② 卡勒德·胡赛尼.追风筝的人[M].李继宏,译.上海:上海人民出版社,2022:210.

反应。整个社会所目睹的创伤事件会激起集体情绪,往往会导致该社会文化的转变和群众行动。而《追风筝的人》所叙述的故事就是新版的人间悲剧,反映出阿富汗人民面临着深刻的内忧外患的集体创伤,其中给读者印象最深的当属哈扎拉人遭受的集体创伤。

贫困的哈扎拉人在阿富汗属于少数派,他们和富裕的普什图人(多数派)之间的矛盾由来已久。哈扎拉人的集体创伤部分源于他们的劣势身份。哈扎拉人在阿富汗世代受到歧视和压迫。正如小说中所描写的那样,有一天阿米尔在书房里发现了一本历史书,历史书中有一章是关于哈扎拉人的。从阿米尔的叙述中,读者可以窥见哈扎拉人的历史:

我从中读到自己的族人—普什图人曾经迫害和剥削哈扎拉人。它提到19世纪时,哈扎拉人曾试图反抗普什图人,但普什图人"以罄竹难书的暴力镇压了他们"。书中说我们族人对哈扎拉人妄加杀戮,迫使他们离乡背井,烧焚他们的家园、贩售他们的女人。[①]

这种民族矛盾可以从当地人粗暴对待对哈桑父子的举动中清楚地看出。当地人管哈桑父子叫"扁鼻子",因为阿里和哈桑是哈扎拉人,有典型的蒙古人种外貌。学校教科书对哈扎拉人则语焉不详,仅仅提到他们的祖先。

小说通过叙述者阿米尔的视角,通过并置对比的叙述方式,突出了现实的不公正和残酷。在小说中,阿米尔的大房子与哈桑的泥巴窝棚形成了鲜明的对比。哈桑的母亲被描述为美貌动人,却不洁身自爱,而阿米尔则将自己的母亲描述为受过良好的教育,无论人品还是外貌,都被公认是喀布尔数得上的淑女,她在大学教授古典法尔西语文学,祖上是皇亲贵胄。此外,阿米尔将哈桑的父亲描述为一位单眼皮,身体残疾的人,而将自己的父亲描述为典型的普什图人,身材高大,威武有力,留着浓密的小胡子,卷曲的棕色头发甚是好看。他双手强壮,似乎能将柳树连根拔起。通过阿米尔的描述,读者也可以

---

① 卡勒德·胡赛尼 . 追风筝的人 [M]. 李继宏,译 . 上海:上海人民出版社,2022:9.

感受到大多数喀布尔特权阶层的人是如何将种族和教派身份视为不可改变的命运准绳，因为根深蒂固的偏见是不会轻易改变的。

种族和教派冲突是敏感的问题，在阿富汗这个话题是一个人们不愿揭开的伤疤。基于这种对待种族创伤的态度，我们就不难理解为什么马克·福斯特（Marc Forster）2007 年拍摄的电影《追风筝的人》（根据胡赛尼 2003 年的小说改编）在阿富汗被禁演。阿富汗政府声称，这部电影以"糟糕的形象"展现了阿富汗各民族，因此可能引发民族和教派的争议。正如时任信息和文化部副部长丁·莫汉曼德·拉希德·穆巴雷兹所解释的那样："我们尊重言论自由，我们支持言论自由，但不幸的是，这在阿富汗社会很难，如果这部电影在电影院放映，对我们的一个民族来说是一种羞辱。"① 但作为一个有社会责任感的作家，卡勒德·胡赛尼清楚地意识到，人类需要了解过去，才能勇敢地面对现在和未来。在一次采访中，卡勒德·胡赛尼说道："我认为这些问题（种族和教派问题）很重要，不应成为禁忌。事实上，小说的作用就是承担这些困难的主题，并将它们提出来进行讨论。"② 通过卡勒德·胡赛尼的艺术创作，小说《追风筝的人》恰当地融合了 20 世纪个人、国家和民族的多维命运，让读者领悟到小说不可言说的力量和魅力。

结束语

美国创伤专家、哈佛医学院精神病学系的临床教授朱迪思·赫尔曼（Judith Herman）在《创伤与恢复》（*Trauma and Recovery：The aftermath of violence—From domestic abuse to political terror*，1997）中曾指出："记住和说出可怕事件的真相是恢复社会秩序和治愈个体受害者的先决条件。"③ 在小说《追风筝的人》中，卡勒德·胡塞尼通过儿童视角讲述他们所经历的个人创伤，通过社会空间并置的方式，用令人难忘的画面来表现战争，并将阿米尔的个人创伤与阿富汗民族的集体创伤交织在一起，成功地将创伤

---

① Syed Sami Raza (January 17，2008). Kite runner banned in Afghanistan. BBC，sec. Entertainment. Retrieved from http://news.bbc.co.uk/2/hi/entertainment/7193431.stm

② Stuhr，R. Reading Khaled Hosseini. [M]. Westport，Connecticut: Greenwood Press.，2009：5.

③ Judith Lewis Herman M.D. Trauma and Recovery：The aftermath of violence—From domestic abuse to political terror. [M]. New York: Basic Books，1997：2.

从个人环境中暴露出来,并将其作为一种社会现象,从而为当前阿富汗社会秩序的恢复和重建以及阿富汗人民的痛苦愈合展现了一幅充满希望的前景。

第三节 《怦然心动》叙事技巧的"陌生化"

《怦然心动》(*Flipped*,2001)是美国著名青少年文学作家文德琳·范·德拉安南(Wendelin Van Draanen)创作的一部充满浪漫喜剧色彩的青少年小说。小说通过描述女主人公朱莉(Juli)和男主人公布莱斯(Bryce)之间发生的一系列有趣的故事,如"无花果树事件""鸡蛋风波""午餐男孩拍卖会"等,展现了一段青春期异性之间懵懂奇妙的感情。同时,通过性格鲜明的人物刻画,小说以小见大地反映了现实与梦想、真诚与虚伪的冲突。小说一经出版就以其独特的叙事魅力获得好评,引起读者强烈的反响,并于2009年改编为由罗伯·莱纳(Rob Reiner)执导的同名电影。这部小说拥有优秀小说的众多特质:恰到好处的节奏,富有创意的叙事视角,精美的情节,以及精湛的文笔和开放式的结局。读者在合上书后发现,这个故事让他们流连忘返。

小说的情节似乎非常简单,它始终围绕一对中学生从童男童女时候起就萌发的朦胧而纯朴的友情然后逐步展开,同一事物却由两人的截然不同的视角进行观察和描述。从二年级到八年级的长期耳鬓厮磨中,竟然不是顺理成章地迎来两小无猜的心心相印,而是差点分道扬镳。这当然是表象,实质是在冲突中相互加深理解,最后圆满地实现双方的初恋。小说文笔朴素,毫无渲染和煽情的笔调,却使读者和观众对此痴迷和钟情,进一步显示出它叙事技巧的魅力。

"陌生化"这一概念是俄国形式主义对文学理论的一个重要贡献。在其论著《作为技巧的艺术》(*Art as Technique*)中,俄国文学评论家和小说家维克多·什克洛夫斯基(Viktor Shklovsky)指出:"艺术之所以存在,就是要恢复人们对生活的感觉,使人们感受事物,让石头凸显出其石头般的质感。艺术之目的在于人们感知到事物,而不是仅仅知道事物。艺术的技巧是要使对象'陌生化'（defamiliarization），使形式变得难以理解，增加感悟的难度，增加感悟的时间，感知过程本身就是审美的目的，必须延长感悟的时间。"[①]通俗地说，"陌生化"就是防止对艺术品的熟视无睹，通过陌生化手段延长对事物的观察和感悟的过程，从而让小说产生磁性，也就是让读者在延缓审美的过程中充分享受作品的魅力。由此可以看出，文学创作中的陌生化就是通过对作品进行艺术加工，打破接受主体的自动化感受定式，独辟蹊径地营造新颖奇异之感，使人们对所熟知的事物陌生起来，产生审美距离和审美感受的难度，从而获得持续的艺术享受。"陌生化"在《怦然心动》中主要体现在两个方面：一、双重叙事结构的并置；二、传统程式化情节设置的背离。

一、双重叙事视角的并置

并置就语言本身的词汇意义而言，指的是不同事物的平列放置和共同展示时的相互映照。并置本是立体主义绘画常用的构图技巧，如今这一艺术手法在文学创作中也被广泛运用。文学创作中的并置是"指在文本中平列地置放那些游离于叙述过程之外的各种意向和暗示、象征和联系，使它们在文本中取得连续的参照与前后参照，从而结成一个整体；换言之，并置就是'词的组合'，就是'对意象和短语的空间编织'"[②]。除了意象和短语的并置外，文学中的并置也包括"结构并置，如不同叙事者的讲述的并置、多重故事的并置"[③]。

小说《怦然心动》采用了双重叙事结构的并置，即通过男女主人公以各自的口吻和视角对同一件事交替叙述的方式推动故事情节的发展。这一独特的双重叙事结构的并置使得读者对同一个事件可以从特定的人物角度去感受迥然有异的想法和动机，以及周围发生的故事，品味男女主人公朱莉和布莱斯对这个世界的所见所闻，所忆所感，如同在故事的进行过程中，读者可以

---

① Adams，Hazard，ed. Critical Theory since Plato.Rev. ed. [M].New York：Harcourt Brace Jovanovich College Publishers，1992：754.

② 约瑟夫·弗兰克. 现代小说中的空间形式 [M].秦林芳，译. 北京：北京大学出版社，1991：3.

③ 吴晓东. 从卡夫卡到昆德拉 [M]. 北京：三联书店，2003：185.

看到由各个不同角色的多种角度相互拼成的一幅幅画面。读者通过男女主人公对同一事件的不同叙述，了解了事件发生的前因后果，而小说中的男女主人公由于其视角的局限性却蒙在鼓里，彼此之间误会、隔阂、冲突、摩擦不断，从而产生某种轻松愉悦的喜剧效果。

例如在小说一开头，作者就用男孩布莱斯的口吻表达他内心的烦恼以及对女孩朱莉的看法："我只有一个愿望：让朱莉·贝克别来烦我。快点给我走开！"[①]难道朱莉如此令人讨厌吗？要知道，这可不是布莱斯一时的感受，而是整整五年的忍受，而这一切始于小学一年级暑假。当时布莱斯一家刚刚搬进小区，朱莉擅自爬进搬家的卡车，像个野孩子似的在箱子上爬来爬去。布莱斯的父亲不喜欢这个不识趣的小丫头，眨眼暗示布莱斯回家给妈妈帮忙。当布莱斯跳下卡车往家跑时，朱莉赶上了他，猛然抓住了他的胳膊，而且是死死地拽着，这让7岁的布莱斯万分尴尬。在布莱斯眼里，朱莉是个不尊重别人隐私的"危险"的家伙。第一天上课，朱莉就当着全班同学的面用"拥抱"欢迎布莱斯，这让他成为大伙的笑柄。小说第一章布莱斯视角中的朱莉完全是个胆大妄为的野孩子形象，而男孩子布莱斯则是个畏前畏后的"受气包"。

相比第一章"搬家初遇"中布莱斯满肚子的委屈和恼怒，小说第二章朱莉的叙述口吻则轻松明快，充满着浓浓的甜蜜，一个热情奔放、情窦初开的少女形象赫然跃入读者眼帘。

遇见布莱斯·罗斯基的第一天，我就对他怦然心动。呃，好吧，实际上我对他完全是一见钟情。是因为他的眼睛。他的眼神里有某种东西。他有一双蓝色的眼睛，在黑色睫毛下一闪一闪的，让我忍不住屏住呼吸。[②]

通过朱莉的叙述，原来她并非一个放肆的小丫。由于童年长期缺乏同年龄的伙伴，布莱斯的出现让她非常兴奋，雀跃不已，为了表示欢迎，也为了让新来的邻居可以休息休息，她才毫无顾忌地上了卡车帮忙搬箱子。她抓住布

① 文德琳·范·德拉安南. 怦然心动 [M]. 陈常歌，译. 南昌：百花洲文艺出版社，2020：2.
② 文德琳·范·德拉安南. 怦然心动 [M]. 陈常歌，译. 南昌：百花洲文艺出版社，2020：12.

莱斯只是想和他玩一会儿，可不知怎么地，两人的手牵在了一起，四目相视，一种看不见的力量把两人连接在一起。

作者交替采用男女主人公的视角来叙述同一事件，呈现出反差鲜明的人物形象，使小说人物形象更加丰满，让人物冲突更具戏剧性。同时，双重叙事结构的并置使小说的发展节奏更加紧凑，故事情节更丰富多变，增添了作品的悬念度和随之而来的喜剧感，更容易激发读者的好奇心和阅读愉悦，产生陌生化效果。

同一事件由两个人物分别从不同的视角来叙述，还能让读者深入人物的内心，感知人物的喜怒哀乐，体验人世间的是非曲直，从而更近距离地见证他们的成长。小说故事发展的主线是朱莉和布莱斯之间的青春期爱情故事。通过男女主人公各自的内心独白，小说将少男少女之间酸甜苦辣的情感经历刻画得栩栩如生的同时也把两人的心智成长完美展现在读者面前。无论是自由率真的朱莉还是腼腆内敛的布莱斯，他们都在不断的试错和失去的过程中感受到了自我的成长和变化。

在男女主人公双重叙事结构的并置中，看似客观中立的叙述却暗藏玄机：作者有意把产生情感共鸣的主线放在女主人公朱莉身上，凸显了朱莉作为女性的勇敢、善良和率真。小说中朱莉家附近小山丘上的一颗无花果树是朱莉最喜欢的树。无花果树一波三折的命运贯穿整部小说，烘托出朱莉情感的起伏变化。无花果树见证了朱莉的成长，见证了朱莉对布莱斯感情的变化，也见证了朱莉对世界和自我的认知。

这棵无花果树是朱莉的精神家园。她经常爬上这棵约五层楼高的树顶，纵情鸟瞰周围的神奇风光。她在树上爬上爬下，如履平地，还曾经帮布莱斯从树上取下被挂住的风筝。而布莱斯既不敢攀缘向上，也不看好这棵无花果树。他认为这棵无花果树疤痕累累，弯弯曲曲，丑陋无比。朱莉则认为无花果树是上苍给这片土地的恩赐。她对树的感情越来越深，甚至常常和树说话。坐在树上，朱莉不仅能够看到美丽的风景，而且能慢慢地体会父亲说的"一幅画要大于构成它的那些笔画之和"[①]这句富有哲理的话。的确，一片树叶只是一片

---

① 文德琳·范·德拉安南. 怦然心动 [M]. 陈常歌，译. 南昌：百花洲文艺出版社，2020:36.

树叶,一棵小草只是一棵小草,一束阳光只是穿过树叶的光线,但是,当这一切组合在一起时,就有了一种魔力,能让人感受到大自然的美妙。人生又何尝不是"整体大于局部"呢。一个善意的提示,一个温暖的拥抱,一个甜甜的微笑,一句暖心的鼓励,这些生活中看似微不足道、习以为常的举动,当他们汇集在一起,往往能带来生命的力量,创造生命的奇迹。这棵小时候遭受过损害,顽强生存下来,一直屹立在小山坡上的无花果树也让朱莉学会了坚强,在她眼里这棵树是"坚毅的象征"。无花果树俨然成了朱莉认识世界,认识自我的第二课堂,见证了朱莉身心的成长。

当无花果树被砍掉之后,朱莉非常伤心难过,整整哭了两个星期。朱莉的爸爸特意画了一幅很美的无花果树的画来安慰她,让她永远记住那美丽的风景,记住爬到树上的感觉。父亲的爱让朱莉慢慢地从悲伤中走出来,她变得更加成熟,更加自信。

小说最后,朱莉和布莱斯两人冰释前嫌,一起种下了一棵无花果树苗。从那一刻开始,两棵心才慢慢地靠近彼此,两个人才真正地开始了解对方。一切又回到了美好的开始,这棵象征着朱莉和布莱斯重修旧好的无花果幼苗,会一天天长大,一百年后它将会超过屋顶,它将会是一棵壮美的大树,正如美好爱情最初的模样。小说在双重叙事视角的并置中植入"无花果"树的意象,丰富了小说的内涵。同时,负有多重象征寓意的无花果树也成为小说的一条隐蔽线索,推动着故事的发展,拓展了小说陌生化维度。

二、传统程式化情节设置的背离

《怦然心动》打破了传统小说常规的叙事模式,即单线的按时间先后发展的情节设置模式,也就是打破传统小说按照"开端—发展—高潮—结局"发展的时空模式。小说故事情节主要由男女主人公八个生活片段串联而成,彼此之间没有明显的因果逻辑关系。这些生活片段展现了女主人公朱莉和男主人公布莱斯在成长中逐渐了解对方的故事。这八个片段分别是:搬家初遇、无花果树被伐、鸡蛋事件、清理院落、看望智障叔叔、家庭晚餐、学校拍卖会和共植无花果树。故事情节围绕男女主人公日常生活展开,没有太多的惊险的大起大落,却清新脱俗,入情入理,消解传统小说线性的程式化情节设置。八个片段展现出多元的情节线索交替,取代单一的情节主体走向,从而产生情节上的陌生化效果,同时,每个小片段都能充分地展示小说中不同人物鲜明的个性特征,使小说人物形象更加丰满。

以"鸡蛋事件"为例。它是朱莉一开始盼望布莱斯初吻的插曲,却主宰了后来布莱斯主动求吻而未果的情节走向。在读者眼中,布莱斯在鸡蛋事件中是十足的失败者。试想一下,一个女同学,而且是邻居,只要没有特殊的怀疑、恐惧,以至于厌恶,绝不会把她两年多的时间里热情送来的鸡蛋,次次都偷偷地扔进垃圾堆。而在布莱斯的语境下,他绝不是蓄意作恶或愚蠢至极而做出令人不齿的坏事的人。这一切与他的性格有关。丢掉鸡蛋主要有两个原因:一是他妈妈要弄清楚鸡蛋里有没有未孵化成功的小鸡。第二个原因是担心鸡蛋里有沙门氏菌。布莱斯的姐姐说绝不吃有沙门氏菌的鸡蛋,可他妈妈认为直接说出这个理由加以拒绝显得不礼貌,而说别的理由又是谎言,于是只好提议丢进垃圾堆。可见,始作俑者并不只是布莱斯。但布莱斯的爸爸认为没有必要遮遮掩掩,还怪布莱斯是个胆小鬼,不敢大胆地面对这个问题:

爱是一种让人害怕的东西,但你面对的不是爱,是尴尬。是的,她话太多了,她对每一件小事都过会热心了,可是,那又怎么样呢?敲门进去,问她问题,再走出来。勇敢地面对她,把你的问题大声说出来。①

问题已经非常明了,只要布莱斯勇敢地对朱莉说明情况,一切问题将迎刃而解。这是极其普通的常理。然而布莱斯却不敢问,也不敢说,竟然坚持丢弃鸡蛋长达两年之久,而且每次都向父母隐瞒,究其原因是朱莉家的鸡蛋给他带来的恐惧。在朱莉家,布莱斯曾目睹朱莉的哥哥在家喂养的一条大蛇一口吞下一个鸡蛋。那个场景把布莱斯吓坏了。在布莱斯眼里,鸡蛋是恐怖不祥之物。

而在朱莉眼里,鸡蛋是爱的传递物。而且通过送鸡蛋她能享受千载难逢的和布莱斯见面的机会,因为每次送蛋后,朱莉都感到:"我有机会和全世界

---

① 文德琳·范·德拉安南. 怦然心动 [M]. 陈常歌,译. 南昌:百花洲文艺出版社,2020:62.

最闪亮的眼睛独处几分钟。"① 于是，虽然两年多的时间里，布莱斯一直尴尬地在丢弃鸡蛋，但朱莉却在尽情享受和布莱斯的近距离接触。朱莉的单纯、热情和布莱斯的懦弱形成了鲜明的反差。

当朱莉撞见布莱斯丢弃鸡蛋后，开始反思自己对布莱斯盲目的爱。她不得不给布莱斯算算鸡蛋的经济账。其实还包括更高价值的荣誉奉献。她送出的鸡蛋不是普通的农家鸡蛋，是学校奖励给她的科学实验的产品。朱莉在科学实验中，通过人工孵化，得到六只获奖的小母鸡。小母鸡长大并生蛋，这是意外收获。鸡蛋产蛋量越大就证明科学实验越成功。她送出的是喜出望外的获奖的附加值。如果卖给邻居，每打可得六美元的报酬，累计起来是一百美元的损失。至于沙门氏菌，那些都是科学无知的鬼话。因为散养的鸡吃的是有机物丰富的虫子和合格的饲料，邻居们对朱莉的鸡蛋大加赞赏，求之不得，还一再鼓励朱莉扩大养殖。鸡蛋事件中布莱斯的内敛和懦弱导致事态的危机化。小说人物性格的对立和对事物不同的看法驱动着故事情节的发展。

小说最后的片段"共植无花果树"和前面的"无花果树被伐"形成呼应，男女主人公在这两个片段里各自展现了性格的变化。单纯的朱莉更多地展现出成熟和理性。她冷静观察着布莱斯在她的院子里种下一棵无花果树。朱莉对无花果树情有独钟。无花果树见证了她和布莱斯的情感。金玉其表的布莱斯开始完全不知道无花果的真正美就在于它的朴素无华。无花果并不像它的名字那样没有花。因为它的花隐藏在花托内，只能看到其形成的假果而看不到花。朱莉就像无花果树一样藏而不露，朴素无华。她的美终究会被人发现。布莱斯曾向外公坦诚地说，自从朱莉奋起捍卫那棵被伐的无花果树后，他开始觉醒了。现在面对洗心革面的布莱斯，朱莉安静地看着小树，寄希望于未来，陷于遐思："它将会是棵神奇、壮美的大树。"② 是的，这棵无花果小树终将一天天长大，伴随着朱莉和布莱斯迎接未来。一反传统小说要么大团圆结局，要么悲剧结束，小说开放式的结局给读者留下遐想的空间，令人回味无穷。

---

① 文德琳·范·德拉安南. 怦然心动 [M]. 陈常歌，译. 南昌：百花洲文艺出版社，2020：81.
② 文德琳·范·德拉安南. 怦然心动 [M]. 陈常歌，译. 南昌：百花洲文艺出版社，2020：228.

结束语

《怦然心动》的创作方式富有独特的魅力。它通过双重视角的并置和背离传统的情节设置而创造多元的情节线索和丰满的人物形象,让小说留下人性化的烙印。同时它在实现故事重组,叙事视角互换,感受延宕的同时,制造出大量的情感陌生化细节,加深读者对美好事物的理性感受,从而让读者收获自我怦然心动的灵魂震撼。正因为小说是从男女主人公不同的叙事视角出发彰显人物独具一格的性格特征,因此在不同读者群里会有不同的感悟:如何对待感情,如何看待家庭物质条件,如何恪守社会公德,如何对待诚实与欺骗等等。从这个意义上说,《怦然心动》称得上是一部兼具教育意义和文学观赏价值的佳作。

参考文献

（一）外文参考文献

[1] Adams，Hazard，ed. Critical Theory since Plato. Rev. ed.[M].New York：Harcourt Brace Jovanovich College Publishers，1992.

[2] Alfred Louis Kroeber, Clyde Kluckhorn. Culture：A Critical Review of Concepts and Definitions[M]. New York：Kraus Reprint Co.，1952.

[3] Andrea O'Reilly. "In search of my mother's garden，I found my own：Mother-love，healing，and identity in Toni Morrison's Jazz"[J]. African American review，1966，30(3).

[4] Ankony，Robert C. "The Impact of Perceived Alienation on Police Officers'Sense of Mastery and Subsequent Motivation for Proactive Enforcement"[J]. Policing：An International Journal of Police Strategies and Management，1999，22(2).

[5] Appleyard，Joseph A. Becoming a Reader：The Experience of Fiction from Childhood to Adulthood[M]. Cambridge：Cambridge University Press，1994.

[6] Armstrong，Tim. Modernism，Technology and the Body：A Cultural Study[M].Cambridge：Cambridge University Press，1998.

[7]Ashcroft，Bill，Gareth Griffiths and Helen Tiffin，eds.. The Post-

Colonial Studies Reader[M]. London: Routledge，1995.

[8] Barry，Peter. Beginning Theory : An Introduction to Literary and Cultural Theory[M]. Manchester: Manchester UP，1995.

[9] Barzun，Jacques. From Dawn to Decadence : 500 Years of Western Cultural Life，1500 to the Present[M]. New York: HarperCollins，2000.

[10] Belloc，Hilaire and Edward Gorey. Cautionary Tales for Children[M]. Orlando，FL: Harcourt Children's Books，2002.

[11] Blackford，Holly Virginia. Out of this World : Why Literature Matters to Girls[M]. New York: Teachers College Press，2004.

[12] Bloom，Clive. "Horror Fiction : In Search of a Definition." A Companion to the Gothic[M]. Ed. David Punter. Oxford: Blackwell，2000.

[13] Booker，M. Keith. The Dystopian Impulse in Modern Literature : Fiction as Social Criticism[M]. Westport，CT: Greenwood，1994.

[14] Boone，Joseph Allen. Tradition and Counter Tradition : Love and the Form of Fiction[M]. Chicago: University of Chicago Press，1987.

[15] Botting，Fred. Gothic[M]. London: Routledge，1997

[16] Braithwaite，Elizabeth. Young Adult Post-Disaster Fiction : Exploration of a Genre[M]. Diss. U of Melbourne，2006.

[17] Brannigan，John. New Historicism and Cultural Materialism[M]. London: Macmillan，1998.

[18] Bressler，C. E. Literary criticism : An introduction to theory and practice[M]. New Jersey: Prentice-Hall，Inc.，1999.

[19] Bruce F. Kawin. Horror and Horror Film[M]. London : Anthem Press，2012.

[20] Campbell，N. (ed.) The Radiant Hour : Versions of Youth in American Culture. Exeter[M]. University of Exeter Press，2000.

[21] Carpenter，Humphrey and Mari Prichard. The Oxford Companion to Children's Literature[M]. Oxford and New York : Oxford University Press，1984.

[22] Caruth，Cathy. Unclaimed Experience : Trauma，Narrative and

History[M]. Baltimore，MD：Johns Hopkins University Press，1996.

[23] Children's Literature Research Centre. Young People's Reading at the End of the Century[M]. London：Roehampton Institute，1996.

[24] Coats，Karen. Looking Glasses and Neverlands : Lacan，Desire，and Subjectivity in Children's Literature[M]. Iowa City : University of Iowa Press，2004.

[25] Cole P B. Young adult literature in the 21th century[M]. Boston : McGraw-Hill，2009.

[26] Coyle, William, ed. The Young Man in the American Literature: The Initiation Theme[M]. New York: The Odyssey Press, 1969.

[27] Crawford, Neta C. "Feminist Futures: Science Fiction, Utopia, and the Art of Possibilities in World Politics" [J]. To Seek out New Worlds: Science Fiction and World Politics. Ed. Jutta Weldes. New York: Palgrave, 2003.

[28] Critchley, Simon. Very Little. Almost Nothing: Death, Philosophy, Literature[M]. London: Routledge, 1997.

[29] Decker, James M. Ideology[M]. Basingstoke: Palgrave Macmillan, 2004.

[30] Drolet, Michael. The Postmodernism Reader[M]. London: Routledge, 2003.

[31]Eagleton, Terry. Literary Theory: An Introduction[M]. Oxford: Blackwell, 1996.

[32] Edward Said , Culture and Imperialism[M]. New York, Knopf, 1994.

[33] Erich Fromm. The Sane Society[M]. Abingdon, Oxon, United Kingdom. Routledge Classics, 2002.

[34] Erikson, K., Everything in its Path[M]. New York: Simon and Schuster, 1976.

[35] FitzGerald, Frances. "The Influence of Anxiety: What's the Problem with Young Adult Novels?" [J].Harper's Magazine Sept, 2004.

[36] Freud, Sigmund. Beyond the Pleasure Principle, Group Psychology and other Works[M]. London: The Hogarth Press, 1995.

[37] Gandhi, Leela. Postcolonial Theory: A Critical Introduction[M]. Sydney: Allen, 1998.

[38] Garland, C. Understanding Trauma: A psychological approach[M]. London: Gerald Duckworth & Co. Ltd.., 1998.

[39] Gibson, Lois Rauch and Laura M. Zaidman. "Death in Children's Literature: Taboo or Not Taboo?" [J]. Children's Literature Association Quarterly, 1991.

[40] Gilmore, L. The Limits of Autobiography: Trauma and Testimony[M]. Ithaca: Cornell University Press, 2001.

[41] Greenway, Betty. Twice-Told Tales: The Influence of Childhood Reading on Writers for Adults[M]. London and New York: Routledge, 2005.

[42] Hardin, J. Reflection and Action: Essays on the Bildungsroman[M]. Columbia: University of South Carolina Press, 1991.

[43] Harris, Marla. "Contemporary Ghost Stories: Cyberspace in Fiction for Children and Young Adults" [J]. Children's Literature in Education, 2005, 36(2).

[44] Harrison, Nicholas. Postcolonial Criticism: History, Theory and the Work of Fiction[M]. Cambridge: Polity Press, 2003.

[45] Hegel, G. W. F. Aesthetics: Lectures on Fine Art[M]. Oxford: Clarendon, 1975.

[46] Heller, Terry. The Delights of Terror: An Aesthetics of the Tale of Terror[M]. Chicago: University of Illinois Press, 1987.

[47] Higonnet, Anne. Pictures of Innocence: The History and Crisis of Ideal Childhood[M]. London: Thames and Hudson, 1998.

[48] Hintz, Carrie. "Monica Hughes, Lois Lowry, and Young Adult Dystopias" [J]. The Lion and the Unicorn, 2002, 26(2).

[49] Hintz, Carrie and Elaine Ostry. Utopian and Dystopian Writing for Children and Young Adults[M]. New York: Routledge, 2003.

[50] Hollindale, Peter. "The Adolescent Novel of Ideas" [J]. Children's Literature in Education, 1995, 26(1).

[51] Hourihan, Margery. Deconstructing the Hero: Literary Theory and Children's Literature[M]. London: Routledge, 1997.

[52] Hughes, Monica. "The Struggle between Utopia and Dystopia in Writing for Children and Young Adults" [J]. Utopian and Dystopian Writing for Children and Young Adults[M]. Eds. Carrie Hintz and Elaine Ostry. New York: Routledge, 2003.

[53] Jameson, Fredric. Archaeologies of the Future: The Desire Called Utopia and Other Science Fictions[M]. London: Verso, 2005.

[54] Jennifer M. Brown, "Voices of experience" [J]. Publishers weekly, 2002.

[55 Joy Alexander, "The Verse-novel: A New Genre, Children's Literature in Education" [J]. 2005, 36 (3).

[56] Judith Lewis Herman, M. D. Trauma and recovery: The aftermath of violence—From domestic abuse to political terror[M]. New York: Basic Books, 1997.

[57] Kamerman, Sylvia. Space and Science Fiction Plays for Young People[M]. Boston: Plays, Inc., 1981.

[58] Kertzer, Adrienne. My Mother's Voice: Children, Literature and the Holocaust[M]. Peterborough: Broadview Press, 2002.

[59] Lehr, S. S. The child's developing sense of theme: Responses to literature[M]. New York: Teachers College Press, 1991.

[60] Mallan, Kerry and Sharyn Pearce. "Introduction: Tales of Youth in Postmodern Culture" [J]. Youth Cultures: Texts, Images, and Identities[M]. Eds. Kerry Mallan and Sharyn Pearce. Westport, CT: Praeger, 2003.

[61] Martin, R. K. and Savoy E. eds. American Gothic: New Interventions in a National Narrative[M]. Iowa City: University of Iowa Press, 1998.

[62] McCallum, Robyn. Ideologies of Identity in Adolescent Fiction:

The Dialogic Construction of Subjectivity[M]. New York: Garland, 1999.

[63] McCarron, Kevin. "Dead Rite: Adolescent Horror Fiction and Death" [J]. Representations of Child-hood Death[M]. Eds. Gillian Avery and Kimberley Reynolds. London: Macmillan, 2000.

[64] Meindl, D. American Fiction and the Metaphysics of the Grotesque[M]. Columbia: University of Missouri Press, 1996.

[65] Melanie D. Koss, William H. Teale, "What's Happening in YA Literature? Trends in Books for Adolescents" [J]. Journal of Adolescent & Adult Literacy, 2009.

[66] Mickenberg, Julia. L. Learning from the Left: Children's Literature, the Cold War, and Radical Politics in the United States[M]. New York: Oxford University Press, 2006.

[67] Morag Styles and Eve Bearne. Art, Narrative and Childhood[M]. Stoke on Trent: Trentham Books, 2003.

[68]Naarah Sawers. " Capitalism's New Handmaiden: the Biotechnical World Negotiated Through Children's Fiction" [J]. Children's Literature in Education, 2009.

[69] Natov, Roni. The Poetics of Childhood[M]. London and New York: Routledge, 2003.

[70]O'Malley, Andrew. The Making of the Modern Child: Children's Literature and Childhood in the Late Eighteenth Century[M]. New York and London: Routledge, 2003.

[71] Ostry, Elaine. " 'Is He Still Human? Are You?: Young Adult Science Fiction in the Posthuman Age" [J]. The Lion and the Unicorn, 2004, 28 (2).

[72] Patty Campbell, "The Sand in the Oyster Vetting the Verse Nove" [J]. Horn Book Magazine, 2004, 80(5).

[73]Raymond W. Gibbs Jr, "A New Look at Literal Meaning in Understanding What is said and Implicated" [J]. Journal of Pragmatics, 2002.

[74] Redfield, Marc. Phantom Formations: Aesthetic Ideology and the

Bildungsroman[M]. New York: Cornell University Press, 1996.

[75] Rustin, Margaret and Michael Rustin. Narratives of Love and Loss: Studies in Modern Children's Fiction[M]. revised edition. London and New York: Karnac, 2001.

[76] Salzberg, J. Critical Essays on Salinger's The Catcher in the Rye[M]. Boston, MA: G. K. Hall, 1990.

[77]Searsmith, Kelly. "News from Somewhere: A Case for Romance-Tradition Fantasy's Reformist Poetic"[J]. The Utopian Fantastic: Selected Essays from the Twentieth International Conference on the Fantastic in the Arts. Ed. Martha Bartter. Westport, CT: Praeger, 2004.

[78]Sebastian Chapleau. New Voices In Children's Literature Criticism[M]. Lichfield:Pied Piper Publishing, 2004.

[79]Smith, Andrew and Diana Wallace. "The Female Gothic: Then and Now"[J]. Gothic Studies, 2004, 6(1).

[80]Smith, Karen Patricia, ed. African-American Voices in Young Adult Literature: Tradition, Transition, Transformation[M]. Metuchen, N.J.: Scarecrow Press, 1994.

[81]Stephens, John. "Constructions of Female Selves in Adolescent Fiction: Makeovers as Metonym"[J]. Explorations into Children's Literature,1999, 9(1).

[82] Stephens, John and Robyn McCallum. Retelling Stories, Framing Culture: Traditional Story and Metanarratives in Children's Literature[M]. New York: Garland, 1998.

[83] Stewart, S. L. Reading "other" places in children's literature[J]. Children's Literature in Education, 2008.

[84] Sundquist, Eric J. To Wake the Nations: Race in the Making of American Literature[M]. Cambridge: Harvard University Press, 1993.

[85]Trites, Roberta Seelinger. Disturbing the Universe: Power and Repression in Adolescent Literature[M]. Iowa City: University of Iowa Press, 2000.

[86]Trupe A. Thematic guide to young adult literature[M]. Westport: Greenwood Press, 2006.

[87]Trites, Roberta Seelinger. Disturbing the Universe: Power and Repression in Adolescent Literature[M]. Iowa: U of Iowa P, 2000.

[88]Tucker, Nicholas. The Child and the Book: A Psychological and Literary Exploration[M]. Cambridge: Cambridge University Press, 1991.

[89]Tyson, L., Critical theory today: A user-friendly guide[M]. New York: Routledge Taylor &Francis Group, 2006.

[90] Wall, Barbara. The Narrator's Voice: The Dilemma of Children's Fiction[M]. New York: St. Martin's Press, 1991.

[91] Watson, Victor .The Cambridge Guide to Children's Books in English[M]. Cambridge: Cambridge University Press, 2001.

[92] Warshow, Robert. The Immediate Experience: Movies, Comics, Theatre and Other Aspects of Popular Culture[M]. 1962. Enlarged edition. Cambridge: Harvard University Press, 2001.

[93] Weinreich, Torben. Children's Literature—Art or Pedagogy?[M]. Copenhagen: Rothskilde University Press, 2000.

[94] Williams, A. Art of Darkness: A Poetics of Gothic[M]. London: University of Chicago Press, 1995.

[95] Wilson, Kim. "Abjection in Contemporary Australian Young Adult Fiction" [J]. Explorations into Children's Literature, 2001, 11(3).

[96] Wolk, Anthony. "Challenge the Boundaries: An Overview of Science Fiction and Fantasy" [J]. English Journal, 1990.

[97] Wolmark, Jenny. "Staying with the Body: Narratives of the Posthuman in Contemporary Science Fiction" [J]. Edging into the Future: Science Fiction and Contemporary Cultural Transformation[M]. Eds. Veronica Hollinger and Joan Gordon. Philadelphia: U of Pennsylvania P, 2002.

[98] Wright, Robert. The Moral Animal: Evolutionary Psychology and Everyday Life[M]. New York: Random, 1994.

[99] Zipes, Jack. Fairy Tales and the Art of Subversion: The Classical

Genre for Children and the Process of Civilization[M]. New York: Routledge, 1991.

（二）中文参考文献

[1] 爱德华·W.苏贾.后现代地理学——重申批判社会理论中的空间[M].王文斌，译.北京:商务印书馆，2004.

[2] 北冈诚司.巴赫金:对话与狂欢[M].魏炫,译.石家庄:河北教育出版社，2001.

[3] 帕姆·穆尼奥兹·瑞恩 著,彼得·西斯 绘.追梦的孩子[M].于海子,译.昆明:云南出版集团晨光出版社，2021.

[4] 蔡云.美国"内殖民"进程中的"他者"——后殖民语境下海明威小说中的印第安人[J].名作欣赏，2011.（6）.

[5] 陈致远.多元文化的现代美国[M].成都:四川人民出版社，2003.

[6] 蒂菲纳·萨莫瓦约.互文性研究[M].绍炜,译.天津:天津人民出版社，2002.

[7] 恩斯特·卡西尔.符号形式的哲学[M].赵海萍,译.长春:吉林出版集团股份有限公司，2018.

[8] 弗吉尼亚·E.伍尔芙.柠檬的滋味[M].刘丽明,译.海口:南海出版公司，2019.

[9] 格洛丽亚·惠兰.无家可归的小鸟[M].温晨红,译.南京:译林出版社，2004.

[10] 哈珀·李.杀死一只知更鸟[M].高红梅,译.南京:译林出版社，2018.

[11] 亨利·列斐伏尔.空间的生产[M].刘怀玉,译.北京:商务印书馆，2021.

[12] 霍舒缓.历史真实与文学想象——科伦·麦凯恩的传记小说《舞者》研究[J].宁夏大学学报（人文社会科学版），2021(3).

[13] 霍布斯.利维坦[M].黎思复,黎廷弼,译.北京:商务印书馆，2010.

[14] J.D.塞林格.麦田里的守望者[M].孙仲旭,译.南京:译林出版社，2022.

[15] 杰里·斯皮内利. 星星女孩 [M]. 阿眩, 译. 昆明: 云南出版集团晨光出版社, 2019.

[16] 蒋孔阳, 朱立元. 西方美学史（下）[M]. 北京: 北京师范大学出版社, 2013.

[17] 卡勒德·胡赛尼. 追风筝的人 [M]. 李继宏, 译. 上海: 上海人民出版社, 2022.

[18] 凯瑟琳·厄斯凯恩. 知更鸟 [M]. 张子樟, 译. 北京: 人民文学出版社, 2019.

[19] 劳伦·奥利弗. 爱有止境 [M]. 刘勇军, 译. 北京: 中国友谊出版公司, 2015.

[20] 赖清河. 十岁那年 [M]. 罗玲, 译. 昆明: 云南出版集团晨光出版社, 2022.

[21] 林佩思. 月夜仙踪 [M]. 石家庄: 河北教育出版社, 2020.

[22] 刘畅. 希梅内斯诗学观念下聂鲁达的诗歌研究 [J]. 四川文理学院学报, 2020(6).

[23] 马克·柯里. 后现代叙事理论 [M]. 宁一中, 译. 北京: 北京大学出版社, 2003.

[24] 南希·法默. 蝎子之家 [M]. 刘乔, 译. 海口: 南方出版社, 2016.

[25] 罗宾·本韦. 无法别离 [M]. 陈雅婷, 译. 南京: 江苏凤凰文艺出版社, 2019.

[26] 尼尔·舒斯特曼. 挑战者深渊 [M]. 董海雅, 译. 北京: 中信出版集团, 2021.

[27] 芮渝萍, 范谊. 青少年成长的文学探索——青少年文学国际研讨会论文集 [M]. 北京: 外语教学与科研出版社, 2011.

[28] 芮渝萍. 美国成长小说研究 [M]. 北京: 中国社会科学出版社, 1999.

[29] 单建国, 张颖. 20世纪60年代以来的美国青少年小说概述 [J]. 广西社会科学, 2012（12）.

[30] 孙万军. 美国文化的反思者——托马斯·品钦 [M]. 北京: 知识产权出版社, 2011.

[31] 孙胜忠 . 美国成长小说艺术与文化表达研究 [M]. 合肥：安徽人民出版社，2007.

[32] 申丹，王丽亚 . 西方叙事学：经典与后经典 [M]. 北京：北京大学出版社，2012.

[33] 申丹 . 叙述学与小说文体研究 [M]. 北京：北京大学出版社，2012.

[34] 尚必武 . 叙事研究前沿（第一辑）[M]. 北京：外语教学与研究出版社，2014.

[35] 苏珊·柯林斯 . 饥饿游戏 [M]. 狄芳，译 . 北京：作家出版社有限公司，2022.

[36] 文德琳·范·德拉安南 . 怦然心动 [M]. 陈常歌，译 . 南昌：百花洲文艺出版社，2020.

[37] 吴晓东 . 从卡夫卡到昆德拉 [M]. 北京：三联书店，2003.

[38] 约瑟夫·弗兰克 . 现代小说中的空间形式 [M]. 秦林芳，译 . 北京：北京大学出版社，1991.

[39] 薛曼·亚历斯 . 我就是要挑战这世界 [M]. 卢秋莹，译 . 西安：陕西师范大学出版社，2010.

[40] 赵敦华 . 西方哲学史 [M]. 北京：北京大学出版社，2001.

[41] 赵毅衡，蒋荣昌 . 符号与传媒 [J]. 成都：四川教育出版社，2010.

[42] 朱立元，张德兴 . 西方美学史（上）[M]. 北京：北京师范大学出版社，2013.

[43] 张颖 . 20 世纪美国少年文学回顾 [J] . 四川外语学院学报，2002（2）.

[44] 张文新 . 青少年发展心理学 [M]. 济南：山东人民出版社，2012.